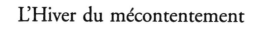

L'Hiver du mécontentement

Du même auteur

La Montée des eaux, Seuil, 2003.
Le Ciel pour mémoire, Seuil, 2005.
Les Derniers Feux, Seuil, 2008.
Le Lycée de nos rêves (avec Cyril Delhay), Hachette Littéra-
tures, 2008.
Collection irraisonnée de préfaces à des livres fétiches (collec-
tif, direction avec Martin Page), Intervalles, 2009.
L'Envers du monde, Seuil, 2008.
Les Évaporés, Flammarion, 2013 (Grand Prix Thyde
Monnier de la SGDL et prix Joseph Kessel) ; J'ai Lu,
2015.
Il était une ville, Flammarion, 2015 (prix des Libraires),
J'ai lu, 2016.
Jardin des colonies (avec Sylvain Venayre), Flammarion,
2016 ; J'ai lu, 2018.

Thomas B. Reverdy

L'Hiver du mécontentement

roman

Flammarion

Les citations de Margaret Thatcher sont pour la plupart tirées du site de la Fondation Margaret Thatcher. De même, les citations de *Richard III* proviennent du texte original de Shakespeare, traduites par l'auteur. Pour ceux qui voudraient se plonger dans la lecture de la pièce, il en existe une excellente traduction par Jean-Michel Desprats, Folio Théâtre, Gallimard.

© Flammarion, 2018.
ISBN : 978-2-0814-2112-7

« D'où je suis assis, en ce 1ᵉʳ août 1979, je colle mon oreille au passé comme si c'était le mur d'une maison qui n'est plus. »

RICHARD BRAUTIGAN,
Mémoires sauvés du vent

« Aujourd'hui, fini de rêver. »

MARGARET THATCHER,
Discours de Brighton, 1980

« Run Like Hell »
Pink Floyd

On dirait qu'elle vole, Candice, dans les rues de Londres à la fin de cet été 1978, sur son vélo de coursier, avec un sac de messager en bandoulière jeté en travers du dos, à prendre ses virages au large afin de ne pas frotter le sol avec une pédale en se penchant, continuant à mouliner sans cesse, sans jamais s'arrêter, à toute allure, comme si elle poursuivait, dans le petit matin blême des phares qui s'éteignent et du brouillard bleu, un rêve tout près de s'échapper, un rêve qu'il fallait rattraper vite fait, en danseuse sur les faux plats, les coudes rentrés sous les épaules, le dos bien droit, la tête qui pivote nerveusement comme celle d'un oiseau, à droite, à gauche, pour prévenir les dangers, s'insérer dans le flux de la circulation clairsemée à cette heure, traverser comme en volant ce quartier d'Islington Park où elle avait grandi, débarquer dans Caledonian Road et filer au sud, le long des voies de chemin de fer obliques, vers Camden Town, la rue bordée d'un mur de poubelles à présent aussi grand qu'elle, qui s'accumulaient un peu partout dans les quartiers ouvriers alors que les éboueurs n'étaient pas encore officiellement en grève, des poubelles qui attiraient en surface les rats que Candice surveillait du coin de l'œil tandis qu'ils détalaient à son approche, plongeant dans les ordures, elle continuant de filer, appuyant sur les pédales pour franchir la rue avant même que l'odeur lui parvienne, Candice qui glissait dans la ville comme un vol silencieux de chouette rentrant de la chasse au point du jour, à la poursuite d'un rêve dont elle était bien décidée à tordre le cou avant qu'il s'échappe.

Elle venait d'avoir vingt ans. C'est un âge où la vie ne s'est pas encore réalisée. Où tout n'est encore que promesses – ou menaces.

Ça lui payait ses cours d'art dramatique, ce boulot de coursier pour City Wheelz. La boîte avait été fondée deux ans plus tôt, à la faveur d'une grève de la poste, et l'idée avait fait son chemin : des messagers à vélo, l'époque était mûre pour ça, c'était écolo et très *peace* comme concept, ça avait un côté hippie. Le patron, Ned, avait dessiné un logo spirituel avec un Hermès ailé, à cheveux longs, qui pédalait sur fond de ciel bleu, entouré du nom de la société en lettrage psychédélique jaune, entre Coca-Cola et les Grateful Dead. C'était l'époque qui voulait ça. Les seuls à ne pas porter de pattes d'eph, c'étaient les coursiers eux-mêmes, évidemment. Ces saletés de pantalons à la mode étaient une bonne option pour s'envoyer dans le décor au premier virage. Ça ne tombait pas si mal parce qu'ils venaient tous de milieux populaires où l'on croisait moins de hippies que de hooligans. Candice était la seule fille de la bande – le patron disait l'équipage. Lui, c'était un bourgeois qui avait grandi dans les beaux quartiers. Il se prenait pour un artiste. Avant de monter sa boîte, il avait fait une école de design et s'était laissé pousser les cheveux parce que sa vie avait radicalement changé de sens en écoutant les Beatles. Depuis quinze ans, la moitié de l'Europe avait trouvé le sens de sa vie dans une chanson des Beatles.

Ce n'était pas sa tasse de thé, les Beatles : Candice avait besoin d'une énergie plus proche de la violence de la rue. Autour d'elle on s'était plutôt coupé les cheveux ces dernières années. Elle n'aurait pas craché sur les Beatles pour autant – personne ne l'aurait fait –, mais elle n'aimait pas les hippies, leurs fringues ridicules et leur air de se foutre de tout. John Lennon aussi l'agaçait un peu. Avec ses allures de Jésus qui se serait résolu à quitter les disciples pour épouser Marie-Madeleine, il n'en finissait pas, lui non plus, de faire vivre la légende des *Fab Four* tout en crachant dans la soupe. C'était devenu un vrai gourou. Personne ne se doutait alors qu'il allait mourir assassiné presque exactement deux ans plus tard, à New York, le 8 décembre 1980, comme une manière de clore définitivement les années 1970.

Candice franchit York et s'enfonce dans le dédale de petites rues et de rails qui partent de King's Cross et trouent le paysage de Camden comme si on avait planté le quartier au milieu d'un échangeur ferroviaire géant. Elle enchaîne les ruelles avec aisance, évitant les grosses artères et les feux, slalomant entre les rares voitures en poussant simplement le cadre d'acier léger de l'intérieur de la cuisse. Elle ne fait qu'un avec son vélo, c'est l'impression que ça donne et c'est le sentiment qu'elle a. C'est grisant. Elle doit rouler à trente, peut-être quarante miles à l'heure.

Elle se récite son texte.

Cela lui vient tout seul, c'est comme une façon de ne penser à rien. Parfois, elle le fait à voix haute, et même de plus en plus fort lorsque ça arrive, jusqu'à crier comme ça dans la rue en glissant à fond de train le long d'un fil invisible, la tête sortant des épaules comme un périscope, le dos tendu, les cuisses douloureuses, et elle se met à gueuler son texte avec une espèce d'accent plus rastafari que baroque, entrecoupé d'éclats de rire :

Naw izzzz da winterrrr ov ourrrr dissscontent, made glorious summerrrr by dissss son ov Yorrrk !

C'est le début de son rôle. L'ouverture de *Richard III*. Candice tient le rôle-titre dans une compagnie semi-professionnelle composée uniquement de filles. Voici venir l'hiver de notre mécontentement, changé en été de gloire par ce rejeton des York !

Elle ne sait pas encore à quel point cela va être vrai, dans quelques mois seulement. On est comme au début d'un roman en ce commencement d'automne

1978, quand l'histoire est déjà entamée, qu'elle vient de plus loin, comme en dehors d'elle, mais qu'on ne sait pas encore où elle va ni comment les choses vont se nouer exactement. À ce stade de l'histoire, personne ne sait trop bien ce qui peut encore arriver.

« I Don't Know What to Do with My Life »
Buzzcocks

Elle aurait pu aussi bien ne jamais le connaître, Jones.

Il est plutôt beau garçon. Il est grand, un peu trop pour se tenir toujours bien droit. Il a les yeux rieurs, à la fois rieurs et fatigués, à cause de toutes petites rides qui les soulignent et les prolongent. Les cheveux en bataille parce que cela fait des années qu'il ne se coiffe plus. Il est musicien. Pianiste de jazz. Ce n'est déjà plus tout à fait un métier, en 1978, alors Jones est aussi employé de bureau.

Il serait plus exact de dire qu'il fut employé de bureau jusqu'à cet automne, car Jones vient de se faire licencier. Ce n'est pas le premier cette année. La nouvelle est arrivée assez brutalement, comme il se doit, un matin dans le bureau de son superviseur. Celui-ci lui a dit quelque chose de faussement amical – Vous vous êtes encore coiffé avec un pétard, aujourd'hui –, et puis il lui a annoncé qu'il était viré sans autre forme de préavis, que cela n'avait rien de personnel, qu'il fallait s'en prendre à la conjoncture – La

15

crise, Jones, c'est la crise, retenez bien ce mot car vous allez l'entendre souvent. Tu parles, la crise.

Jones a essayé de se débattre, en vain, comme un poisson au bout d'une ligne. De l'autre côté du bureau, son superviseur a continué à lui sourire – La crise, ce n'est la faute de personne. Tu parles.

C'est le moment où les choses ont commencé à basculer, même si, à cette époque, on n'aurait pas pu imaginer encore que l'avenir serait peuplé de livreurs de repas à vélo et de stagiaires de longue durée. Que les Jones ne s'en sortiraient plus du tout. Qu'ils feraient de plus en plus d'études. Qu'il y aurait de moins en moins de travail. Pour l'instant, il est toujours parvenu plus ou moins à subvenir à ses besoins qui ne sont d'ailleurs pas bien importants. Il a toujours travaillé, la plupart du temps comme vendeur d'à peu près n'importe quoi.

Oh, il en avait connu, des jobs ridicules ou misérables, ces dernières années. Il avait été « faxman » dans un grand cabinet d'avocats, par exemple. Il était dans une pièce en sous-sol, c'est-à-dire à la cave, une pièce couverte d'étagères sur lesquelles ronronnaient et crépitaient des fax Rank Xerox dernier cri. Son travail consistait à classer les fax à leur arrivée dans des bannettes et à les apporter dans les étages de bureaux, avant de retourner vite-vite à la cave trier les nouveaux fax à collecter et à apporter dans les étages, comme un facteur dont la tournée inlassablement recommencée tiendrait à la fois du tonneau des

Danaïdes – la bannette est vide ! – et du rocher de Sisyphe – il faut redescendre à la cave.

Dans les périodes de vaches maigres il avait même accepté des boulots de manutentionnaire, ceux-là il n'y avait qu'à se baisser pour les ramasser. Il était alors payé pour promener des palettes de caisses de bières sur le parking des livraisons à l'arrière d'un supermarché, ou pour transporter à la minipelle des tuyaux de huit pouces – douze centimètres – de section, en fonte, de l'allée C à l'allée F, dans un entrepôt géant des bords de la Tamise.

Il avait été veilleur de nuit dans un hôtel borgne.

Barman remplaçant dans une demi-douzaine de pubs.

Chez Harrod's, il avait vendu successivement de la charcuterie, des chaussures pour dames et des matelas « Queen size ».

Le job pour la British Petroleum dont on vient de le licencier n'avait franchement pas été le pire des boulots.

Il consistait à lire des centaines de coupures de presse dans lesquelles apparaissait le nom de l'entreprise et de coder chaque article en fonction d'une grille très précise de questions. Il fallait faire ça à toute allure, cocher les cases en lisant, en survolant le texte. Ils étaient deux par bureau, l'un en face de l'autre, toute la journée sans jamais vraiment se regarder. D'autres analystes – les vrais employés du groupe – passaient leurs codages au crible de gros ordinateurs qui les aideraient à réduire leurs résultats en chiffres, en statistiques représentables, les fameux camemberts – les Anglais disent « tartes ». Puis les cadres moyens de la branche qualité prendraient le relais pour les interpréter. Cela permettrait à des cadres encore supérieurs d'appuyer leurs efforts stratégiques sur des discours bien rodés, des phrases définitives sur « l'image de la compagnie dans les médias britanniques » – il y avait peut-être des Jones sur tous les continents.

Depuis son licenciement, Jones survit en jouant le jeudi, parfois le vendredi soir, dans une boîte de cocktails et de jazz, le Nightingale's. La clientèle d'oiseaux de nuit qui hantent les lieux lui ressemble un peu. Certaines serveuses sont des amies. Le reste du temps, Jones est chez lui. Il joue. Il joue comme un fou, toute la journée et souvent une bonne partie de la nuit. Il compose, dit-il. Ça ne nourrit pas son homme.

Ses joues se creusent légèrement. Il a sous les yeux des cernes bleus. Il s'en fout.

L'orgueil est chez Jones un organe plus sensible que l'estomac.

Il a l'air encore jeune, en allant sur sa quarantaine, et cela lui permet encore d'avoir l'air de quelque chose. Un jeune, ce n'est jamais tout à fait un chômeur. Pas encore – c'est un jeune. D'expédients en petits boulots, Jones gagne, depuis des années, plus de temps que d'argent.

« I Just Can't Be Happy Today »
The Damned

Nancy, la metteuse en scène, était une ancienne étudiante de l'école de théâtre où Candice venait d'entrer. Elle avait pris des notes en vue de leurs répétitions. Elle avait noirci tout un cahier d'écolier de son écriture fine et serrée. Parfois, elle avait même fait des dessins qui complétaient ses notes dramaturgiques. Elle disait aux filles :

« *Richard III* est une tragédie cruciale pour Shakespeare. Les spécialistes ont beau dire que c'était à la mode, dans les années 1590, d'écrire des pièces historiques, *Richard* est bien plus qu'un drame sur la fin de la guerre des Roses et l'avènement de la dynastie des Tudor, ou la fin de la tétralogie d'*Henry VI*. C'est, avec *La Tragédie du prince Hamlet*, sans doute la réflexion la plus profonde de Shakespeare sur le pouvoir et ses malédictions.

« On pourrait sûrement y reconnaître Adolf Hitler lui-même, cela ne veut rien dire pour Shakespeare, mais c'est ainsi. Il n'y aurait pas besoin de retoucher une ligne.

« C'est une tragédie sur la conquête du pouvoir, la séduction diabolique, la corruption et le mal. C'est une pièce qui raconte, et peu importe l'époque, comment un homme déterminé, Richard, duc de Gloucester, se taille un chemin sanglant vers le trône en conspirant contre ses frères, les faisant assassiner, ainsi que ses neveux et, plus tard, sa propre femme, comment il peut s'emparer du pouvoir et l'exercer au détriment de tout le monde, devenir un tyran, s'enivrer de sa force et de la faiblesse des autres, jusqu'à la folie.

« Il y a tout là-dedans, la Nuit de cristal et la complaisance des industriels, le monstre et ses victimes consentantes, *M le Maudit* et *Les Damnés*.

« À la fin, ses nombreux ennemis se liguent contre lui et le défont lors d'une bataille où, jeté à bas de son cheval, Richard devenu roi, alors désespéré et vaincu, s'exclame : *A horse ! A horse ! My kingdom for a horse !* »

Il y avait dans toutes ses notes un mélange d'idées et de renseignements qu'on glanerait aujourd'hui sans doute sur Internet. C'étaient à la fois des notes de lecture, le fruit de quelques recherches dans les éditions savantes de la pièce et des intuitions, des images, en vue d'une mise en scène. Ce qui les rendait précieuses, c'est que Nancy pouvait s'y référer mais aussi les augmenter au fil des discussions avec la troupe, car c'était cela le principal : en parler ensemble, partager leurs sentiments d'interprètes. Pendant les premières semaines, le travail se limita même à cela.

Dans la ville les grèves et l'automne progressaient peu à peu. Les rues déjà sales et noires de Londres s'encombraient de poubelles et, certains jours, tout le quartier central était bouclé jusqu'à Westminster à cause des manifestations des ouvriers de Ford. Mais les filles se retrouvaient tous les matins, quoi qu'il arrive.

« Le consensus d'après-guerre est en train de vaciller, lit-on dans les journaux à propos des grèves. Et je ne peux m'empêcher de penser que nous sommes tel Richard lorsque le rideau s'ouvre. La guerre des Roses s'est achevée sur une victoire molle qui laisse le royaume aux mains d'un roi mourant. Et Richard sent que le consensus vacille. Que les hommes d'action vont de nouveau pouvoir agir. Qu'on va le leur demander, même. Il est prêt, il sait que son heure vient. *Now. Now is the winter of our discontent.* »

C'était une drôle d'équipe, cette bande de filles qui s'étaient rencontrées à l'école de théâtre et avaient constitué une compagnie – les « Shakespearettes » – et même réussi à dégotter leur premier contrat de production pour ce *Richard III* qu'elles allaient monter, excusez du peu, au Warehouse, qui accueillait cette année-là un *Hippolyte* de la Royal Shakespeare Company. Elles n'auraient que trois dates dans ce théâtre de plus de deux cents places, mais elles pouvaient l'occuper au petit matin, deux fois par semaine, pour les répétitions – c'est là que Candice se rend à vélo avant de prendre son job de coursier plus tard dans la journée.

Comme elles n'étaient que dix, Nancy raccourcissait le texte en coupant des scènes entières pour supprimer des personnages secondaires – De toute façon c'est bien trop long, Shakespeare, avait-elle prévenu. Elle faisait passer des auditions à toutes les filles pour décider des rôles, et Candice avait hérité de celui de Richard dès les premiers essais.

Il semblait ne pas y avoir de jalousie dans les relations qu'entretenaient entre elles les filles de la compagnie. La plupart étaient un peu plus âgées que Candice qui venait d'entrer à l'école de théâtre. Elles jouaient déjà dans d'autres productions, assez régulièrement pour en vivre plus ou moins bien – ou plus ou moins mal. Cette pièce était un peu leur récréation. Et puis les jobs plus réguliers n'offraient pas tellement plus de perspectives.

Toute l'Angleterre était au bord d'une espèce de précipice en 1978.

Les gens n'étaient pas d'accord sur ce qu'il convenait de faire pour sortir d'une situation qui était à la fois une honte pour le pays et une peur pour soi. Mais il fallait faire quelque chose. On ne peut pas rester longtemps à battre des bras en l'air au bord d'un précipice.

L'idée générale, c'est qu'il fallait sauter.

« Richard s'ennuie. C'est d'abord pour cela qu'il veut agir, qu'il est prêt même à devenir un tyran, un meurtrier, un monstre. "Si je ne peux être l'amant qui distrait ces temps de beaux parleurs, je suis déterminé à être le scélérat qui les haïra." *Now is the winter of our discontent*. Richard s'ennuie comme nous. Au-delà de toute politique. Ni d'un camp, ni de l'autre. Juste par goût du pouvoir, de la force et du sang. Juste parce que c'est un fort.

« Au congrès du parti conservateur, en octobre, n'a-t-on pas entendu ces mots retrouvés dans le *Mirror* : "S'en prendre à la distinction, au mérite, c'est clouer au sol les agiles, les audacieux et les vigoureux, comme le fut Gulliver aux mains des Lilliputiens." Les forts haïssent les faibles, c'est là leur seule faiblesse. »

Elles en ont passé des matinées avant le boulot, à la table comme disait Nancy, à lire des bouts de texte et à discuter de leurs interprétations. À se demander — c'était leur première question et celle qui ne les a jamais quittées — ce que ça changeait, à chacune de ces répliques, de mettre ces mots-là dans la bouche d'une femme.

« London Calling »
The Clash

C'était une période étrange et, dès le mois de septembre, après avoir fait semblant de traîner un peu, l'été s'était bel et bien carapaté quelque part dans le sud de l'Europe, laissant la pluie et les vents tournants caresser les façades dégueulasses d'un Londres qui n'en finissait pas de sortir de la guerre et du smog des usines sur la Tamise.

Israël et l'Égypte signèrent les accords de Camp David qui réglèrent, semble-t-il, les problèmes dans un certain nombre de déserts et de montagnes pelées, mais évitèrent soigneusement les régions peuplées de Gaza et de la Cisjordanie. L'Occident se félicita d'avancer ainsi vers la paix.

La British Petroleum avait racheté les pétroles de l'Ohio plus tôt dans l'année, ce fut apparemment un choix intelligent parce que l'Iran, où cette entreprise était née et avait grandi, connaissait à présent des émeutes sanglantes, dont on n'entendait pas encore beaucoup parler. Un tremblement de terre y fit quinze mille morts de plus quelques jours plus tard, de toute façon.

Arsenal, qui avait été finaliste l'an passé, s'entraînait dur pour la coupe.

Le pape mourut à cinq heures.

C'est ce que répéta la radio en boucle : Albino Luciani, dit Jean-Paul Ier, le pape au gentil sourire, élu depuis seulement trente-trois jours, est mort à cinq heures du matin, ce vendredi 28 septembre. Il était dans son lit, où il lisait une *Imitation de Jésus-Christ*, lequel n'avait pas dû beaucoup dormir dans le sien. Il ne tarda pas à y avoir des rumeurs de complot et d'assassinat, on dit que la banque du Vatican était tenue par la Mafia, on dit que le pape avait des indulgences pour la théologie de la libération, trop proche des communistes.

Les communistes, c'est le mal. En Europe, à part les Français, tout le monde sait ça.

Tout a commencé à Dagenham, à l'est de Londres, dans l'usine d'assemblage de Ford Motors.

Le 22 septembre, le site de Langley est entré en grève.

Les syndicats et notamment le TGWU, le tout-puissant syndicat des transports, ne soutiennent pas encore officiellement le mouvement.

Ils aimeraient mieux l'éviter.

Ils ont signé en juillet un accord avec le gouvernement fixant la hausse maximum des salaires pour l'année à 5 %.

C'est la « phase IV » du plan de lutte contre l'inflation, qui a atteint 16 % l'année précédente.

Les gros titres sont formels :

L'Angleterre est sous l'eau.

Ça ne marche pas.

Il y a de plus en plus de chômeurs.

Bientôt un million cinq cent mille chômeurs.

Ça ne marche pas – et, de toute façon :

5 % ça ne paie pas l'augmentation du loyer.

Le consensus d'après-guerre est en train de craquer.

L'usine de Langley est en grève.

15 000 travailleurs sont en grève à Dagenham.

Ford a fait un très bon premier semestre.

Ford est largement bénéficiaire cette année.

Le succès des Ford Cortina ne se dément pas en 1978.

Les syndicats sont entre le marteau et l'enclume.

Le Parti travailliste est chahuté par une grève sauvage.

Le parti du Premier ministre Callaghan déchiré par des dissensions à la veille de son congrès de Blackpool.

Ça ne marche pas.

Les accords signés entre le TUC – l'union des syndicats – et le gouvernement sont contestés par les travailleurs.

Les 5 % ne vont pas payer le loyer.

Ford a les moyens de payer.

Callaghan dans la tourmente.

Premiers affrontements entre les ouvriers en grève et les forces de police, à l'occasion de la manifestation.

Ça ne marche pas.

La TGWU sur le point de rejoindre le mouvement ?

Ron Todd, l'homme-clé de la crise Ford.

De Dagenham au bureau national de la TGWU, itinéraire de Todd.

Callaghan dans le viseur des syndicats.

Callaghan chahuté à Blackpool.

La motion « Duffy » votée à 4 contre 1.

« Une leçon de démocratie » Callaghan désavoué.

Vivement les prochaines élections générales.

La TGWU officialise la grève.

50 000 ouvriers en grève.

La grève s'étend à Southampton.

Halewood rejoint le mouvement de grève.

Le site de Merseyside en grève.

Le siège de Ford à Basildon touché par les grèves.

Ford se dit prêt à négocier avec les grévistes.

8,5 %, peut-être plus, en discussion chez Vauxhall Motors.

Bientôt un mois de grève chez Ford !

Ford a les moyens de négocier.

Alors, combien, M. Ford ?

Et si les ouvriers de Ford gagnaient leur pari ?

Au cœur du mouvement ouvrier : le témoignage de Dan Connor à Dagenham.

Les rouges sont-ils derrière les grèves ?
L'Angleterre, le pays malade de l'Europe.
Le chômage, encore en augmentation.
Ça ne marche pas.
En anglais : *it doesn't work.* Ça ne travaille pas.

En cet automne 1978, l'Angleterre et sa presse se racontent l'histoire d'un pays en crise, d'un empire sur le déclin. Les dernières colonies britanniques prennent leur indépendance les unes après les autres. Le chômage de masse est en train d'apparaître. Le travail ne sera plus jamais léger.

« Memories »
Public Image Ltd.

Il fait un temps de chien cette année-là, avant même le début de l'hiver, un temps à dissuader de sortir. Dans les rues de plus en plus sombres du centre-ville, une forêt de parapluies se lève et s'épanouit au rythme des averses qui durent parfois tout le jour. La pluie tombe droit. Elle ruisselle sur les façades noircies des immeubles sans les laver. Au contraire il semble qu'elle les barbouille davantage, mêlant sa grisaille à la suie. Elle crépite sur les trottoirs. Au-dessus des avenues, le ciel n'est plus le ciel. Il paraît couler lui aussi comme un fleuve à l'envers, par-dessus les toits, un fleuve gris de nuages uniformes et tumultueux, roulant les uns sur les autres et tonnant parfois comme s'ils s'entrechoquaient. Indifférente ou insensible, la forêt de parapluies continue d'avancer, se cognant et se précipitant, s'engouffrant dans les bouches de métro, claquant les portes battantes des immeubles à bureaux. C'est parfaitement déprimant.

Mais ce n'est pas le moment de lâcher ce job qui la fait vivre, et pas si mal depuis deux ans, se dit-elle.

C'est une tentation qu'elle a, Candice. Même quand les choses se passent plutôt bien pour elle, ou lorsqu'elle se pose quelque part – elle l'a bien vu avec son premier petit copain par exemple, celui qu'elle avait connu au lycée : dès qu'il est question de s'installer ensemble ou d'aller le dimanche chez les beaux-parents manger du mouton en ragoût, dès qu'elle pourrait se dire qu'elle y est arrivée en somme, elle a tendance à fuir, à partir en courant, à vélo. Ou, une fois, en taxi avec ses deux grosses valises et toute sa vie dedans, une dans le coffre et une sur les genoux, c'était quand elle était partie de chez ses parents, il y a deux ans.

Elle les revoit un peu, ses parents, toujours à l'improviste en espérant que sa mère soit seule à la maison, mais en général son père est là aussi parce qu'il est au chômage de plus en plus souvent depuis qu'il a cinquante ans. Il parle, il parle, il a des idées sur tout. Il dit qu'il connaît les dossiers, c'est son expression, parce qu'il a lu le *Sun*. Il parle de politique. Il parle des grèves, c'est le sujet du moment. Surtout, il ne sait pas quoi dire d'autre. Et pendant qu'il parle, Candice échange avec sa mère des regards complices et impuissants qui semblent dire : C'est bien que tu sois partie, tu vois rien n'a changé – Mais toi, maman ? Et parfois leurs yeux rient parce qu'il vient de terminer un monologue de cinq minutes par une question qu'aucune d'elles n'a entendue, seulement le silence qui a suivi et les a fait sourire.

Et parfois, au bout de ce dialogue silencieux, les yeux de sa mère poursuivent : Partir, c'est ce que je n'ai jamais pu faire, j'étais enceinte de ta sœur et j'étais si jeune, et je n'aurais pas pu me tourner vers mes parents à l'époque, il fallait se marier, mais toi tu es libre, Candice, et cela me plaît – Non, cela te justifie – Ne sois pas trop dure avec moi c'était un autre temps, et puis vous étiez petites et il fallait bien vous élever, ce n'était pas si facile d'élever deux gamines ici, à Islington Park – Vous vous engueuliez tous les soirs – Ton père travaillait dur et quand on a déménagé ici vous avez pu avoir votre chambre, c'était ça qui comptait alors, et quand il rentrait ivre ou qu'il ne rentrait pas, j'encaissais tout ça, il fallait bien faire bouillir la marmite et vous payer le collège – Ne nous mets pas ça sur le dos, maman – J'étais une jolie fille, tu sais, j'aurais pu la refaire ma vie, peut-être rencontrer quelqu'un d'autre ou me débrouiller toute seule pourquoi pas, mais pas avec deux enfants, que tu le veuilles ou non, d'ailleurs je ne vous reproche rien à ta sœur et à toi, vous étiez ma joie, mais j'avais trente ans et deux filles et je suis restée finalement, et lui avec l'âge il est devenu plus gentil – C'est une brute, maman, il est juste devenu inoffensif – Bien sûr je pourrais m'en aller à présent mais c'est trop tard, vois-tu, c'est ainsi la vie, quand on ne fait pas ces choses à temps on ne les fait jamais, c'est pour ça qu'il faut que tu sois libre, Candice, sois libre et méfie-toi des hommes – Tu es restée par faiblesse alors, tu es restée parce que ça t'arrangeait, toi – Je suis restée parce que malgré tout je crois que je l'aimais.

Et elle baisse la tête comme par pudeur, comme pour faire taire ses yeux qui en ont trop dit et se sont brusquement embués.

La sœur de Candice vit toujours dans le coin elle aussi, plus près encore, à une rue de là. Elle vient souvent. Elle amène ses enfants, plus rarement son mari. Régulièrement, elle vient déjeuner chez eux le dimanche et elle téléphone à sa mère le soir, presque tous les jours. C'est une bonne fille, la sœur, selon tout un tas de critères. Elle est bibliothécaire à mi-temps, c'est le père qui lui a trouvé ce job à l'époque de l'ancien maire du quartier, qu'il était allé trouver à la fin d'une réunion publique avec un discours tout préparé, du genre ce serait bien si vous pouviez appuyer sa candidature, après tout nous sommes irlandais nous aussi. Le maire avait levé un sourcil et jaugé la sœur du coin de l'œil, ses cheveux plus châtains que roux, ses yeux trop ronds pour avoir l'air bien malins, ses lèvres minces sans maquillage et ses deux gros seins ronds qui débordaient déjà de son corsage. Il avait pris l'enveloppe contenant le CV et la lettre pour le poste, en se forçant à sourire. C'était bien la seule fois que ça leur avait servi à quelque chose d'être irlandais.

Elle s'appelle Alice, la sœur.

Avec son boulot à mi-temps et ses deux garçons, son mari qui ne s'absente que les soirs de match, elle joue à la dame et passe son temps en plaintes – elle a toujours un truc de travers – et en reproches – c'est le plus souvent la faute des autres.

Dans son soutien-gorge à balconnet ses gros seins roulent toujours comme des ballons, mais ce n'est pas sûr que son homme y joue beaucoup. Depuis le deuxième enfant, il a surtout fait du gras dans son coin, celui-là. Il reste souriant. Il fait semblant de ne pas y penser. On dirait un vieux chat castré qui reprend des croquettes ou une bière chaque fois qu'il voit passer une chatte. Alice a peut-être appris ça de son père : elle sait rendre les hommes inoffensifs.

Par bien des façons c'est elle qui ressemble le plus à la mère. Le même genre de vie, le même genre de bonhomme, de maison, deux enfants elle aussi, des responsabilités et mal au dos, mal aux reins, les jambes lourdes, la migraine, des jupes longues et un manteau boutonné jusqu'en haut, une mise en plis et des goûts jaune et marron en matière de décoration.

Elles s'entendent bien.

Elles n'ont raté aucun épisode de *George and Mildred* et elles sont capables d'en rire ensemble en se les remémorant. Le contraire de Candice en somme, et pourtant c'est Candice la préférée. Ce n'est pas officiel bien sûr, la mère n'a jamais dit à Alice : Je préfère ta petite sœur, on ne dit pas ces choses-là, d'ailleurs on ne les formule même pas pour soi. C'est injuste et sans doute que la mère elle-même dirait que c'est injuste. Mais lorsque Alice attaque sa sœur, qu'elle s'emporte, qu'elle balance les choses maladroitement parce qu'elle non plus elle ne peut pas dire : Tu la préfères ; lorsqu'elle accuse Candice d'être une oisive, une irresponsable, une saltimbanque, une délurée, une enfant, une enfant terrible, une enfant gâtée, la mère prend toujours sa défense. Elle défend Candice comme dans cette parabole, « le fils prodigue », cette histoire stupide et hypocrite où le père prétend aimer ses deux enfants mais où l'on voit bien qu'en fait il préfère celui qui revient, puisqu'il tue le veau gras pour lui, il préfère celui qui est parti, le dispendieux, le dilettante, et c'est justement parce qu'il est parti qu'il le préfère. Comme Dieu nous aime, dit le pasteur, depuis que nous sommes exilés sur terre et loin de lui.

Parce qu'aimer c'est appeler le retour de quelqu'un.

Aimer c'est injuste.

Lorsque Candice repart, la mère lui glisse des billets de banque dans la poche en l'embrassant, et ses yeux semblent dire : Sois libre, Candice, sois libre et reviens me voir de temps en temps.

« Revolution Rock »
The Clash

On court aussi dans les couloirs des palais.

Ça n'a rien à voir avec un complot. Les choses sont bien trop chaotiques pour que quelqu'un les contrôle dans l'ombre. Personne n'est assez malin pour ça, ou alors peut-être le diable.

Mais on court aussi dans les couloirs des palais.

Tout le monde s'agite, parce que cette grève chez Ford, dont personne ne voulait, pas même les syndicats, c'est un peu le saut dans le vide qu'on attendait à ce moment-là. Le catalyseur, disent les gens qui savent et qui croient maîtriser les choses.

On rédige des notes de synthèse, des mémorandums et des conclusions. On tisse des stratégies. C'est comme si le pouvoir, cette vieille idole, s'échappait régulièrement pour qu'on le rattrape, et se jouait de nous voir courir à ses trousses. À chaque fois, ceux qui croient l'avoir aperçu se précipitent. Ils sont prêts à abandonner leurs anciens compagnons sur le bord du chemin, comme de vieux chevaux fatigués, s'ils ont le sentiment que ceux-ci les retardent ou les embarrassent. La première course de palais a lieu à l'intérieur de chaque camp.

Les libéraux ont déjà quitté le navire travailliste. À présent les syndicats ont à leur tour le cul entre deux chaises. On vous aime bien, les gars, mais c'est tellement la merde. Si on ne vous critique pas, on passe vraiment pour des cons.

Le pouvoir commence à exiger des sacrifices, disent-ils. Donnons-lui ce qu'il réclame et il nous laissera tranquilles. Il nous laissera gouverner.

À Blackpool, au congrès du Parti travailliste, on se met à tirer à boulets rouges sur le gouvernement, pourtant du même bord. On se pense malin. On se dit : Lâchons Callaghan, ce vieux cheval, et montrons que le Parti, lui, maîtrise encore le jeu. Au pire, nous trouverons bien dans nos rangs un Premier ministre acceptable pour le remplacer. Ainsi, les choses auront l'air de changer mais nous les contrôlerons encore. On vote des motions. On dit : Regardez, nous avons entendu le message des syndicats, de la rue, des gens. On croit que c'est le prix pour rester dans la course, mais on s'est tiré une balle dans le pied.

Personne n'est assez malin. Seul le diable, peut-être.

Ça n'empêche pas chacun de courir.

Les gars de chez Ford y mettent beaucoup d'énergie, ils ont un certain panache dans les manifs qu'ils organisent régulièrement. Lorsque la police charge, ils détalent en s'éparpillant à travers les jardins et les ruelles, traversent les maisons avec la complicité des habitants, et quand ils sont coincés, ils se battent au moins pour ne pas être les seuls à cracher quelques dents. C'est sûr, ils sont âpres, les gars de chez Ford. Ils sont durs et costauds.

Ils ont pressé un disque, dont les ventes soutiennent leurs piquets de grève, *The Ford Strike Song*, par OHC and the Gappers, sur l'air de *I-Feel-Like-I'm-Fixing-to-Die* de Country Joe and the Fish. « Vous pouvez vous les cogner, vos 5 % d'augmentation, parce que c'est pas ça qui va payer ma location. »

Ford va payer. Ford connaît la chanson.

C'est amusant que ça vienne de cette firme américaine, ce vent de révolte au Royaume-Uni. Ce ne sont pourtant pas des communistes.

Sur les bancs de la Chambre des communes, face au cabinet des ministres, le « cabinet de l'ombre », ainsi que l'appellent les Anglais, est dirigé par une femme, chef du Parti conservateur. Elle n'a pas l'air impressionnée par cette assemblée d'hommes, mais elle ne s'exprime pas trop, encore. Elle se contente de se plaindre, de souffler sur les braises.

Elle dit : *Quelle folie, chaque hiver que Dieu fait, que ces batailles rangées où les puissants syndicats infligent tant de dommages aux industries dont dépend le niveau de vie de leurs membres.*

Et on ricane. De voir le Labour se planter des couteaux dans le dos, ça fait toujours sourire les tories. On sent que le vent tourne, qu'il pourrait bien se passer quelque chose. Pour un peu, on se mettrait à aimer les grèves.

Le chaos, c'est quand tout devient possible.

Personne n'est assez malin pour maîtriser ça, sauf peut-être le diable.

« The Great Rock'n' Roll Swindle »
Sex Pistols

Les tabloïds ont fait leur une sur son visage maigre. Cheveux noirs en bataille et lèvres minces aux commissures crevassées, rougeurs sèches et boutons typiques de l'abus d'amphétamines, cernes noirs, les yeux mi-clos derrière des lunettes de soleil, délavés et hagards, le regard transparent. Il avait l'air perdu, loin de la vie et loin des autres, perdu. Échoué après la tempête. C'est ce que fait l'héroïne. Des vagues de fièvre submergent le cerveau comme une île et vous laissent échoué au bord de vous-même. Naufragé d'un océan insondable de sensations diffuses, comme le souvenir d'un rêve perdu dans les brumes du réveil, le souvenir toujours amer du bonheur. C'est ce qu'on se dit après.

Ce visage aurait pu être celui de la révolte, de la jeunesse, de l'anarchie, de la musique, il aurait pu être celui d'une génération décidée, comme l'annonçait une enseigne de King's Road, à être trop rapide pour vivre et trop jeune pour mourir, mais ce sera en fin de compte celui de la dépendance imbécile et sordide, du gâchis, de la prédestination sociale et des fins de règne pathétiques.

Ce matin-là, à New York, Sid Vicious, le bassiste des Sex Pistols, a été retrouvé inconscient dans sa chambre d'hôtel, baignant dans le sang de sa copine, Nancy Spungen, qu'il a vraisemblablement assassinée en lui ouvrant les entrailles avec un couteau. C'est ce que disent les journaux du soir, à Londres, et le lendemain il fait la une de tous les tabloïds. Il est emprisonné à Rykers, puis libéré sous caution, mais ne peut quitter la ville. L'affaire est plus compliquée qu'il n'y paraît. Au fil des semaines, l'enquête révèle qu'il y a eu pendant la nuit des allées et venues, des coups de fil, la visite de dealers notoires. Sid avait des dettes importantes, et New York était une ville livrée aux gangs à cette époque. On aurait pu assassiner sa copine pour lui adresser un avertissement. Peu à peu la presse et les gens s'en désintéressent. Lui ne se souvient de rien.

Il s'endort pendant les interviews.

Il dit qu'il a envie de mourir lui aussi.

C'est pathétique, finalement ce type était juste un trou du cul. Tous les types qui s'en prennent à leur nana sont des trous du cul, dit Candice, et les filles de la troupe sont globalement d'accord. Globalement, parce que Cindy s'est quand même rasé la moitié de la tête en avril dernier après un festival de concerts punk au Victoria Park, et Charlotte le trouve toujours plutôt mignon, Sid, malgré ce qui est arrivé.

Candice aime bien Charlotte. Physiquement elle lui rappelle sa sœur, mais une sœur qui aurait bien tourné, qui se serait permis de rester naïve et optimiste. Candice aime bien les filles à cause de leur façon de rire quand elles sont ensemble. Ça lui rappelle quand elle était petite.

— J'étais quand même pas la seule à le trouver mignon, vous exagérez.

— Les Pistols étaient cool. Lui, c'était un junky.

Sur la musique, les filles ne sont jamais d'accord. Sur les mecs non plus.

— On ne peut pas toutes tomber sur un fils à papa, Cindy.

Le dernier copain de Cindy n'était ni un Teddy Boy, ni un hippie, ni un punk. Même pas un rocker. C'était un garçon rencontré à une fête, plutôt gentil, assez sûr de lui, le genre à danser sur de la disco. Pas besoin d'aimer véritablement la musique. Il était grand, des épaules de sportif, un menton d'homme d'affaires, des cheveux épais comme tous les bourgeois. Un défi pour elle qui ne devait pas être du tout son genre, mais ce n'est pas si difficile de faire ce qu'on veut avec un bonhomme, prétendait-elle.

Il suffit de savoir ce qu'on veut, c'est ce qu'elle dit, et Cindy est du genre à savoir ce qu'elle veut.

C'était il y a deux semaines, la fête était organisée par une copine qui fêtait ses vingt-cinq ans et Cindy avait décidé de s'amuser. Elle avait mis sa jupe la plus courte et ses talons les plus hauts. La fête avait lieu dans un pub où l'on danse les vendredis et samedis soir, au sous-sol. Il y fait une chaleur dingue. Tout le monde y flirte gentiment et, comme le vestiaire est à cinquante pences, Cindy n'était pas la seule à être venue assez peu habillée. Lorsqu'ils ont dansé ensemble, elle ne s'est pas gênée pour se presser tout contre lui, c'est ce qu'elle raconte aux filles, et lorsqu'ils se sont assis sur les banquettes qui jouxtent le comptoir au fond de la piste de danse, elle s'est retournée vers lui très soudainement pour l'embrasser, pendant longtemps, si bien que leurs jambes étaient collées les unes contre les autres et qu'il a fini par poser la main sur sa cuisse. Ses gestes se sont faits un peu plus nerveux, maladroits, et quand son autre main est venue se glisser sous son tee-shirt, quand il s'est mis à remonter chaque centimètre de sa peau à pas de loup, comme si la lenteur de sa progression allait lui permettre d'arriver, dans quelques poignées d'immortelles secondes, à bondir soudain sur un de ses seins par surprise, ah, comme si on pouvait la serrer par surprise, je te jure, quand il a ouvert grand les yeux tout en continuant à l'embrasser goulûment, parce qu'elle s'est laissé faire, il ne s'y attendait pas, elle s'est laissé faire exprès, dans les quatre temps d'un rock assourdissant et le goût doux-amer de la bière dans sa bouche, lui qui se retrouvait donc avec une fille qui n'avait pas froid aux yeux en somme, elle dit ça avec un clin d'œil et un large sourire, lui comme un pantin alors, une main crispée sur les muscles

44

tendus de sa cuisse, une main presque tétanisée plantée dans sa poitrine, ouvrant les yeux comme un noyé finit par ouvrir la bouche, il a rencontré son regard à elle.

— Et c'est là que je l'ai eu.

Cindy a les yeux plissés et rieurs d'une fille qui n'attend de la vie que des bonnes surprises, elle a les yeux espiègles et d'un bleu profond, légèrement troublé, comme un lac, et il s'est noyé, les filles n'ont aucun mal à l'imaginer.

Ce n'est pas si difficile de faire ce qu'on veut d'un bonhomme, dit-elle, il suffit d'en promettre. Il ne s'agit pas seulement de se laisser faire, ce n'est pas si simple. Il ne s'agit pas non plus de faire semblant d'être amoureuse, ça c'est bon pour les gamines. Non, il faut faire exprès, pas semblant. Au moment que tu as choisi, avec le type que tu veux, faire exprès de s'offrir et le laisser croire qu'il te possède.

— Le problème, c'est davantage de savoir ce qu'on a envie d'en faire après. Ça fait deux semaines que j'essaie de m'en débarrasser.

Les filles éclatent de rire.

Les filles parlent beaucoup de mecs.

— *No future !* lance Cindy. Tout va mal, paraît-il, alors autant s'amuser.

Nancy finit toujours par reprendre la main sur leurs conversations.

— C'est comme nous, les comédiennes. C'est quoi le jeu, les sentiments ? Comment on fait pour que le spectateur y croie ? Qu'est-ce qui se passe quand tu pleures sur scène ?

— Tu pleures pour de faux, mais tu fais comme si c'était vrai.

— Okay, *comme si*, Candice. Alors c'est ça, le théâtre, c'est comme si c'était vrai ? Tu fais comme si tu étais Richard ?

— Eh, c'est pourtant bien ça, un comédien, non ? Tu es à la fois toi et le personnage. C'est ce qu'on est censé faire, non ?

— *À la fois*, c'est mieux que *comme si*. Il y a de la tromperie dans le *comme si*. La comédienne fait semblant. La comédienne est trompeuse. C'est le diable. C'est une pute. *À la fois*, c'est mieux. Alors, quand tu pleures sur scène ? Ça veut dire quoi, sur scène, de pleurer *à la fois* en vrai et pour de faux ?

Cindy intervient :

— Tu ne pleures pas en vrai ou pour de faux, ce n'est pas si simple. En fait, tu pleures quand même de vraies larmes.

— Tu as raison, et pourtant tu n'es pas Lady Anne. Tu n'as pas vraiment perdu ton mari, assassiné par Richard. Mais tu as raison, tu pleures de vraies larmes. Tu es à la fois toi, la comédienne, en train de pleurer pour de faux mais de vraies larmes, et Lady Anne, la veuve, en train de pleurer en vrai des larmes de théâtre.

— Okay, alors c'est quoi, la différence ? Avec la vraie vie, je veux dire. Si tu pleures vraiment ?

— La différence avec la vraie vie, c'est que sur scène, tu fais exprès de pleurer. Tu fais pas semblant. Tu fais exprès. C'est ça, le jeu.

— Alors c'est comme dans la vie.

Cela marchait dans les deux sens.

Candice vivait enfin, sur scène. Et dans la vie, elle jouait. Elle ne savait pas faire autrement. Même si, parfois, c'était fatigant. Sur scène au moins il y avait du texte, il y avait des rôles, des personnages.

« Working Class Hero »
Marianne Faithfull

Depuis janvier, les Sex Pistols n'existent plus. Candice écoute les Ramones, mais ce n'est pas pareil, elle les trouve nuls politiquement. Les Clash sont des révolutionnaires, mais leur musique devient commerciale. Les New York Dolls ont la classe, mais ce sont des créatures. Ils sont bien trop junkies pour faire sérieusement de la musique. Adam and the Ants a la folie des débuts, sa voix dérape dans les aigus mais ça n'a pas la puissance des Pistols. Dans ses chansons il parle d'embouteillages et de collégiennes crades malgré leurs chaussettes blanches. Et puis il y a les Damned, les Buzzcocks. En Angleterre le punk s'étend à Manchester et au nord, désormais. Siouxsie Sioux a monté son groupe aussi, et des nouveaux arrivent, comme Joy Division que lui a fait écouter une copine du cours de théâtre. On est en train de passer à autre chose. Ce n'est pas moins sauvage, mais c'est plus sombre.

Elle monte le son dans son petit appartement, elle s'ouvre une bière en posant le goulot de la bouteille, de biais, sur le bord de la table, et en tapant dessus de l'autre main, d'un coup sec. Par la fenêtre ouverte les trépidations du métro aérien lui parviennent comme une onde sismique qui fait trembler sa cage thoracique, à l'intérieur, et elle surprend son reflet, ou c'est peut-être lui qui la surprend, dans le miroir suspendu au-dessus de l'évier. Elle a hésité à se raser une partie des cheveux comme Cindy, sur les tempes, ne l'a pas fait finalement, de sorte qu'elle se retrouve avec cette espèce de crinière très épaisse et bouclée entre le roux et le blond qu'elle est obligée d'emprisonner la plupart du temps, notamment pour rouler. Elle dit « ambrés » quand elle parle de ses cheveux. Ambré, c'est la couleur d'une bière. Candice attend qu'il se passe quelque chose. Elle sait que cela va bientôt arriver. Comme Richard III, au début de la pièce, elle est aux aguets. Elle est prête.

Elle habite du bon côté de Caledonian Road, en allant vers Camden, mais son immeuble donne quand même parfois l'impression de vouloir s'effondrer. Il fait partie de tout un ensemble qui a failli être réhabilité vingt fois ces dernières années. Une bonne partie de la ville mériterait d'être rasée, et c'est d'ailleurs ce qui va finir par arriver. Le problème, c'est que plein de gens vivent dans ces blocs victoriens vétustes. Plus haut dans Islington, Jamaïcains et prostituées blanches et, depuis peu de temps, Pakistanais s'entassent dans des espèces de taudis en briques serrés les uns contre les autres, s'élevant en rangs successifs en pente douce, comme des vagues. Là-bas il n'y a pas d'éclairage public le soir et, au-dessus de Caledonian, non loin de la prison de Pentonville, vers Upper Street, il n'y a plus assez d'enseignes de bars ou de boutiques pour s'y retrouver, pas assez de voitures qui passent malgré la largeur de l'avenue, plus que les immeubles noirs, leurs fenêtres barricadées et les gueules sombres des allées qui s'enfoncent entre deux rangés d'immeubles vers les impasses où s'échangent, dans des ruisseaux d'eau croupie, les corps perdus et les âmes damnées de ce monde.

Un peu plus haut encore, là où elle a grandi, ses parents ne vont pas tarder à se faire expulser. Ça a déjà failli arriver, mais tout le voisinage a tenu bon. On leur proposera de les recaser dans des logements sociaux, soi-disant, qu'on aura construits tout exprès, mais plus loin encore, plus au nord, au bord d'une voie de chemin de fer. Des immeubles mieux construits, soi-disant, plus propres et sans tous les problèmes d'eau et d'électricité qu'ils avaient vers chez eux. Mais qui a envie de vivre au bord d'une voie de chemin de fer ?

Elle s'accoude à la fenêtre et boit sa bière au goulot, à petites lampées, en plongeant son regard dans la nuit du nord de Londres et ses sirènes. Elle est en débardeur. Elle a la chair de poule. Elle frissonne, sans trop savoir si c'est dû au vent déjà froid de l'hiver qui s'annonce ou aux vibrations terribles des métros qui passent et la secouent de l'intérieur. Elle entend sur la table son mug vibrer contre le bois. Un jour, il est carrément tombé. Un jour, l'immeuble va s'effondrer, pense-t-elle. Elle frissonne.

Les voisins tapent sur le mur mais elle les emmerde. Elle monte le son. La musique, c'est son silence à elle.

Et c'est un des seuls trucs aussi qu'elle peut se permettre, avec son vélo et les fringues qu'elle arrange elle-même : la musique, et les stars qu'elle fabrique. Des gens comme elle qui la comprennent et qui parlent des emmerdements de tous les jours, des prix des loyers et de la solitude. Des gens qui aiment le désordre, le bordel, les tee-shirts déchirés. Des petites gens que la musique a rendus immenses et arrogants et que les bourgeois sont bien obligés d'écouter malgré tout. Des gens qui te donnent le droit de te faire une décolo et une teinture ou de te fringuer n'importe comment, qui te donnent le droit de t'exprimer sans avoir toujours peur de déranger ou de dire des conneries, sans avoir à surveiller le regard des autres dans la file d'attente du boulanger, parce que tu as mis une minijupe et que les mecs te matent, enfin les stars c'est des gens qui t'autorisent, dit Candice, c'est ainsi qu'elle le vit, ils te permettent d'avoir des états d'âme et des grands sentiments, toi aussi, une personnalité à toi, un style, ils te libèrent, ils clament haut et fort que c'est normal d'avoir des rêves, sans finir déçue et désespérée, que ce n'est pas réservé à une élite. Les stars de la pop, c'est la revanche des Lilliputiens.

Y a pas que les princesses qui ont le droit d'être connes, dit Candice. Elle dit ça gentiment, dans deux ans elle adorera Lady Di.

Dehors, il commence à pleuvoir.

« New Dawn Fades »
Joy Division

On regardait ça à la télévision, aux informations de la BBC, on prenait des nouvelles des mouvements de grève à la radio. Quelque chose n'allait pas. On sentait bien que ça se détraquait. Les grèves s'étaient aggravées assez rapidement, ou brillamment développées, selon le point de vue où l'on se plaçait. Mais le pays, lui, était malade.

On savait bien, tout le monde savait que le pays était en train de décliner. Nul besoin d'avoir fait de longues études pour voir que l'Angleterre était en perte de vitesse continue depuis la fin de la guerre, abandonnant des pans d'empire, les uns après les autres, en Asie, au Moyen-Orient, en Afrique, dans cet ordre et sans le moindre remords, laissant derrière la plupart du temps un chaos encore plus grand que la misère ou la servitude : la guerre. On en était à promettre leur émancipation même à l'Écosse, même au pays de Galles, en proposant de voter la dévolution des pouvoirs à leurs Parlements respectifs.

À l'intérieur, ce n'était guère mieux. L'essence ou le pain avaient doublé de prix depuis le début de la décennie. À Londres, on n'arrivait plus à se loger ailleurs que dans des taudis. L'aide sociale elle-même proposait de reloger les gens dans des espèces de squats légaux, des hôpitaux désaffectés le plus souvent. Dans les journaux on avait pu lire l'histoire d'un enfant de douze ans retrouvé mort, asphyxié à la suite d'une crise de panique qui s'était transformée en asthme, parce qu'il dormait dans un tiroir de l'ancienne morgue de St Joseph. Personne ne l'avait entendu hurler à s'en péter les tympans dans sa boîte en métal.

Il y avait les overdoses aussi, et la criminalité qui augmentait en flèche. Les jeunes étaient durs, violents, ils étaient sauvages, on ne les comprenait plus. Les gamins ne bossaient plus à l'usine : ils ne voulaient plus. Ils avaient fait des études. Et de toute façon on ne les aurait pas embauchés : les usines commençaient à fermer. Pas assez de commandes. Pas assez de croissance, lisait-on dans les journaux. Alors le chômage à son tour augmentait en flèche. La vie en Angleterre ne semblait devoir qu'empirer de jour en jour.

On parlait de relâchement des mœurs. Un député conservateur, Keith Joseph, avait carrément proposé de contrôler les naissances des pauvres. Il disait, à propos des mères célibataires : « Elles produisent des enfants à problèmes, de futures filles-mères, des délinquants qui peuplent nos maisons de correction, nos établissements scolaires sous-classés, nos prisons, nos hôtels pour sans-logis. Ces mères, de moins de vingt ans la plupart du temps, elles ont elles-mêmes des parents célibataires, de quatrième ou cinquième classe, et elles produisent aujourd'hui un tiers des naissances. » La peur. Voilà bien une preuve de la faiblesse de l'Angleterre. Si on a peur de ses propres pauvres, de ses propres enfants, c'est qu'on est très affaibli soi-même, qu'on se sent très vulnérable, pareil à une petite mammy toute frêle, recourbée sur sa canne, sur un bout de trottoir, au moment de la sortie des écoles comme au milieu d'un ouragan. L'Angleterre est une petite vieille qui n'a plus la force de rien. L'Angleterre est sur le déclin.

La dirigeante du Parti conservateur rejoint le jeu en cours, tente sa chance dans le chaos. Elle adopte un style incisif, un discours positif. Elle veut rendre à l'Angleterre sa grandeur. Le marasme dans lequel on est en train de s'enfoncer est consternant. Elle le dit ainsi : « *I want Britain to be great again.* » Je la veux de nouveau grande, la Grande-Bretagne.

On regarde les informations de la BBC, on prend des nouvelles du pays à la radio. On écoute ça étonné, comme si on était loin, dans la chaleur du pub au coin de la rue, on se demande si on parle bien du royaume. Le Royaume-Uni secouru in extremis par le FMI, comme n'importe quel pays du tiers-monde, avec un prêt et un plan de redressement, une feuille de route. Mon Dieu, est-ce qu'on est bien en train de parler de l'Angleterre ? Le chômage, la pauvreté, la délinquance, la dette endémique, l'inflation, l'industrie en panne, les grèves. Est-ce qu'on peut devenir un si petit pays après avoir été un si grand empire ?

Ça a fini par exploser en 1979, par hasard ou bien parce que c'est la magie des chiffres, le changement de décennie, la peur de la fin.

Les syndicats sont dans la rue, fin 1978. On regarde dans la rue. On regarde le gouvernement. Une première motion de censure a échoué à douze voix près début novembre. On regarde les syndicats. C'est une partie de tennis. Ford a finalement accordé, le 22 novembre, une augmentation de 17 %. Drôle de jeu où l'entreprise joue en double avec les syndicats. Le gouvernement est tout seul, il n'arrive plus à couvrir les couloirs. On regarde le gouvernement. Callaghan annonce des sanctions contre Ford. Il menace. Si les gens enfreignent la loi sur les 5 %, ils vont avoir affaire à lui. Gesticulations. On tourne de nouveau la tête. Le 13 décembre, coup de théâtre au Parlement : une motion amende la loi sur les 5 % et empêche le gouvernement d'imposer des sanctions aux entreprises qui enfreindraient la loi. Autant dire qu'elle ne sert plus à rien. Le lendemain, le Premier ministre désavoué approuve pourtant une nouvelle motion de censure, rejetée par dix voix. Ils sauvent leurs fauteuils, mais ils y laissent leur autorité. À quoi bon une politique si vous n'avez pas les moyens de la faire appliquer ? On regarde dans la rue. Les camionneurs se mettent en grève. Ils revendiquent jusqu'à 40 % d'augmentation. Ceux de BP notamment.

Il fait froid.

Personne n'a envie de gratter la dernière allumette à Noël, mais on a le sentiment qu'on en est là.

C'est l'entrée dans l'hiver du mécontentement.

« Private Hell »
The Jam

Candice prétend qu'elle aime la solitude. Elle dit que quand elle pense à sa mère elle préfère être seule. En fait, c'est quand elle pense à son père. Elle dit qu'elle aime marcher seule dans la rue, qu'elle aime rentrer seule chez elle et retrouver les choses là où elle les a laissées. Elle dit qu'elle aime le temps dont elle dispose seule, qu'elle aime se coucher quand elle veut, se relever la nuit si elle veut, elle dit qu'elle aime ne rien manger si elle n'a pas faim, ou grignoter à n'importe quelle heure la moitié d'un sandwich coupé en triangle, en écoutant de la musique, elle dit qu'elle aime chanter et même danser comme une folle toute seule, au milieu de la pièce, et se trimballer en culotte du soir au matin en se foutant de savoir si quelqu'un est en train de la mater et de compter les petits bourrelets qu'elle a sur le ventre, lorsqu'elle s'assoit. Elle dit qu'elle aime ça, être seule. Le couple c'est malgré tout une soumission, une compromission, c'est comme ça qu'elle le voit. Elle n'a que vingt ans, Candice, alors le couple, pour elle, enfin l'expérience qu'elle en a, c'est surtout celle de ses parents, mais elle s'en fait une théorie, une religion. À vingt ans, on n'a pas assez d'expérience, alors on se fait des certitudes.

Sa mère, elle n'est pas partie, elle ne l'a jamais quitté, son homme. Sa brutalité, sa force, sa bêtise aussi. Ses copains, trois soirs par semaine au pub, comme s'il était membre d'un club de poivrots. Ses colères. Sa violence. Dans le fond, elle a eu peur. Peur de savoir si elle s'en sortirait toute seule, peur de se lancer, peur de dire non, peur de lui, mais peut-être davantage encore peur de la vie. Peur de perdre le contrôle.

Ça ne doit pas lui arriver aussi. Il faut qu'elle soit libre, Candice.

Je viens d'un quartier et d'une enfance où les gens ne valent pas assez cher pour se permettre d'être en soldes, dit-elle.

Elle fait ce qu'elle veut, comme un tour à vélo au milieu de la nuit. Elle dit qu'elle aime le sport, et plus que le sport, la sensation de glisse que procure le vélo, lorsqu'elle est en reprise, après un virage par exemple, et qu'elle appuie sur la pédale en s'arc-boutant, qu'elle sent toute la puissance transmise au cadre qui frémit, semble se tordre et la propulse, les épaules et la tête presque au niveau du guidon, plongeant vers la route, comme si elle était en train de courir très vite avec des bottes de sept lieues dans les rues en pente de son enfance lorsque à force de vitesse la course n'était plus qu'une chute rattrapée par des bonds de plus en plus équilibristes, une fuite éperdue, un rêve d'envol.

Elle aime sa vie. C'est ce qu'elle dit.

Ce qu'elle ne dit pas, Candice, c'est qu'elle est incapable de rentrer chez elle sans mettre la musique, parce que le silence de sa solitude l'effraie. Parfois, elle laisse la radio allumée quand elle part le matin.

Elle est incapable de rentrer chez elle directement après son boulot de coursier, l'été lorsqu'il fait encore jour, et bien souvent elle se force à sortir, juste pour ne pas se retrouver seule à une heure où elle ne saurait pas quoi faire d'elle.

Elle est incapable de verser sa bière dans un verre lorsqu'elle est chez elle, parce que alors il faudrait trinquer, et il n'y a personne.

Elle est incapable de quitter une fête seule avant les derniers, avant qu'il n'y ait vraiment plus aucun espoir qu'il se passe encore quelque chose, n'importe quoi, une discussion, un sourire, un regard. Quelque chose à emporter.

Elle est incapable aussi de laisser partir les gens comme ça, de se séparer sur un bout de trottoir, elle cherche un dernier commentaire, une dernière anecdote, elle est prête à parler de la pluie si on veut. C'est jamais elle qui dit : Faut que j'y aille. Elle n'a rien, jamais, de mieux à faire, chez elle.

Elle est incapable de renoncer à un verre. Ou à une danse. Ou à un sourire.

Elle est incapable de croiser un garçon, de lui parler, de frôler sa peau, sans imaginer qu'il la caresse, qu'il lui fait l'amour.

Elle est incapable, au cinéma, d'assister à une scène de baiser attendue sans sourire. Et à une scène d'aveu amoureux sans que ses yeux se remplissent de larmes.

Ce qu'elle ne dit pas, Candice, c'est que parfois son reflet impromptu l'effraie comme une présence inattendue.

Ce qu'elle ne dit pas, c'est que certains matins, sous les draps chauds du réveil, lorsque sa main rencontre sur sa cuisse sa propre peau soyeuse, elle se fige et se glace.

Ce qu'elle ne dit pas, c'est qu'au bout de deux jours chez elle, lorsqu'elle est malade, elle ressort, tant pis. Elle va au pub, en bas. Elle fait un tour en métro. Elle s'assoit sur les marches devant la porte de l'immeuble. Elle regarde passer les gens en toussant dans son écharpe.

Ce qu'elle ne dit pas, c'est que le théâtre, c'est uniquement pour ça. Pour être aimée. Les acteurs qui vous disent le contraire, ils mentent. Aimer c'est autre chose, ce n'est pas facile, mais être aimée.

Comme si les gens pouvaient aimer la solitude.

« Smash It Up »
The Damned

« Je vois bien comment Richard peut faire peur, intimider les autres personnages, parce que après tout c'est une guerre de succession et il est bien parti, dès le début, pour écarter un à un les prétendants légitimes. C'est comme quelqu'un qui ferait campagne, non pas pour être Premier ministre, mais pour se retrouver leader du parti en intriguant, et qui éliminerait ensuite le Premier ministre pour prendre sa place sans qu'on l'ait vu venir. Il annonce ses plans dès la première scène, dès sa première tirade. Il est bossu, contrefait, Richard est un monstre. Il a été écarté du pouvoir par ses frères, il n'est pas dans l'organigramme, dans la liste des prétendants à une succession légitime. Alors il se montre amer, vengeur, violent, décidé à conquérir le trône par la traîtrise et la force. Grandi dans un temps de guerre et sans amour, il aime le sang, le sang le venge. Si je ne peux être l'amant qui séduira ces jours charmants, je jure d'en être le fossoyeur. C'est le diable. Un déchu. Il est dépité, vengeur, brutal et violent, voilà ce qu'il est dans la première tirade, il aboie comme un chien mais ça, je peux comprendre.

« Il vient de réaliser qu'on ne lui laissera que les miettes. Il a fait la guerre pour eux, et il l'a gagnée, et tout le monde le méprise. Ils sont tous là à se tutoyer, à s'appeler par leur prénom, Clarence, Édouard, Elizabeth, ils se donnent des titres et des grands airs, ils sont bien coiffés et ils portent des jolis habits. Ils sont bien polis, ils ne voudraient pas que ça dépasse. Les aristos sont toujours comme ça. À la Chambre des lords, avec leur perruque comme des chiens coiffés, à s'appeler toujours par leur prénom, sir Laurence, sir Jim. Lui, Richard, il n'a pas droit à tout ce cinéma. Chaque fois qu'il arrive quelque part, on se tait, on se retourne, on se demande ce qu'il fait là, on ne l'avait pas invité, il fait tache. Un peu comme la fois où tu débarques dans le salon de thé pincé avec que des vieilles rombières, dans le parc, parce que tu as envie de pisser. Le majordome ou je sais pas quoi, il a des gants blancs, s'approche et, sans même te regarder dans les yeux, avec un putain de regard dans le vide au niveau de ton menton, comme ça, un peu de haut, il prend son accent le plus snob, le plus perché, on dirait une flûte, et il te dit qu'il est navré absolument, qu'il n'y a plus de place malheu-reusement. Ça m'est arrivé vingt fois des trucs comme ça. La honte. Tu regardes dans la salle et tu vois bien qu'il y a des tables vides. En même temps tu vois bien que tu ne ressembles pas du tout à tous ces gens assis qui soulèvent leur tasse avec le petit doigt en l'air. De toute façon tu pourrais pas te payer la moitié d'un gâteau, ici. Certaines personnes commencent à relever la tête, à remarquer ta présence. Tu es complètement déplacée, tu t'en rends bien compte. Tu ne peux même pas en vouloir au majordome à l'entrée avec son gilet et ses gants ridicules, il est déguisé, c'est pathétique. Alors tu tournes les talons, avant que ça devienne gênant, on se demande pour qui. La honte. Le pire c'est quand tu es enfant et que ça arrive à ta mère. Il lui manque quelques pences à l'épicerie et elle doit reposer des trucs parce qu'on ne lui fait pas crédit, pourtant elle vient là tous les jours. La honte c'est encore pire quand c'est pour les autres. Toi, tu peux transformer ça en rage.

« En tout cas c'est pareil pour Richard. C'est comme ça que je le vois, au début. Il est au milieu de tous ces grands dépendeurs d'andouilles en perruque qui se croient arrivés et qui se reconnaissent entre eux, qui se donnent du mon-cher-duc, mon-cher-comte, et qui s'appellent par leur prénom. Lui, on l'appelle par son nom, Gloucester, c'est un nom de fromage. Il faudra qu'il soit roi pour qu'on l'appelle Richard.

« *Si le cœur de l'homme ne peut aimer, alors qu'il saigne.*

« Voilà ce qu'il se dit. Il va leur en faire baver, c'est presque drôle.

« Bon, ce n'est pas Robin des Bois, c'est un salaud, Richard. Toute cette vengeance, elle est violente, cruelle, il y a des morts pour rien et puis elle ne sert que lui. Il en devient malade. Fou de pouvoir. Mais enfin c'est un peu de leur faute, quand même.

« Édouard IV, le roi, le frère aîné, est mourant. Il a peur des complots, ne sort quasiment plus de sa chambre. Il est complètement parano. Il suffit de lui faire croire que son frère Clarence veut lui succéder et il l'enferme à la Tour de Londres. Richard le fait assassiner en secret. Un de moins. Il lui suffira de faire croire que l'ordre venait d'Elizabeth, la femme d'Édouard, et de sa clique anoblie pour rallier à sa cause d'autres vieilles familles, et d'abord ce Buckingham sans terres à qui il promet les biens du roi mort et le comté d'Hereford.

« Au début les choses s'enchaînent plutôt bien pour Richard. Il se montre calculateur, intelligent. Le diable fait des plans. Tout est si prévisible chez les hommes.

« Est-ce que Richard est fort, ou est-ce qu'il n'est fort que de la faiblesse des autres ?

« Tout le monde autour de lui veut garder son rang. Édouard, son trône, alors qu'il est gâteux. Clarence croit qu'il est le successeur légitime. Elizabeth intriguerait volontiers pour ses fils, elle le fait déjà en casant ses cousins roturiers à la cour. Elle a tellement peur de devenir comme Margaret la sorcière, la veuve de l'ancien roi Henry, qui n'est plus rien.

68

Buckingham se voit très bien en seigneur. Hastings voudrait rester chambellan. Le maire de Londres veut éviter le désordre. L'évêque de Canterbury ne demande qu'à sauver les apparences. Un tas de couilles molles, voilà. »

Dans son agenda sans rendez-vous, le soir, parfois la nuit lorsqu'elle ne dort pas, Candice écrit. Nancy encourage les filles à tenir elles aussi une sorte de journal où elles prennent des notes.

« Disorder »
Joy Division

Il y a toujours un mélange ambigu de peur et de joie au spectacle du chaos. D'abord la peur. Il n'y a pas de joie s'il n'y a pas d'abord la peur. La radio et la télévision montent la sauce, on ne parle plus que de ça. Ce serait facile de penser qu'on n'est plus tout à fait en sécurité, qu'on va encore payer les pots cassés de tout ce bordel dans la rue – ce sont les mots qu'on emploie –, de toute cette agitation. Les camionneurs bloquent les principales autoroutes du pays. Ils ont fermé l'accès au port de Felixstowe, et celui de Liverpool est en grève à son tour, ce qui risque d'occasionner, dit-on, des retards dans les livraisons, peut-être des pénuries. Des gens ont fait provision de farine, de sucre, aux épiceries de quartier. Les camions-citernes qui approvisionnent les stations d'essence ne livrent plus. Si l'essence vient à manquer, beaucoup de gens risquent de se retrouver cloués chez eux. Les voyageurs de commerce, mais pas seulement. Les gens qui habitent à la campagne, ou ceux qui habitent loin de leur travail pour payer moins cher qu'en centre-ville, encore des petites gens, dans des zones où la voiture est le seul moyen de s'en sortir. On interroge à la BBC une grand-mère à qui le journaliste suggère qu'elle devrait sans doute avoir peur. Pourtant, elle résiste – Qu'ils aillent se faire voir – Les grévistes ? – Non, les politiciens, c'est à cause d'eux tout ce désordre dans le pays.

Car il y a aussi une sorte de joie mauvaise à voir s'écrouler les châteaux de cartes des hommes. Toutes les règles qu'on accepte d'habitude, tous les usages et les coutumes, les règlements, les calculs, les tout-va-pour-le-mieux et les dormez-braves-gens, tous les gros mots qui impressionnent, le pouvoir, la responsabilité, et toutes les faces confites, cette morgue impassible des bien nés qu'on appelle ici le flegme et dont on s'honore, tout cela ce n'était donc que du vent, des paroles, des masques. Et pourtant c'est tout ce qu'on avait. Les masques tombent, et dessous il n'y avait rien, le chaos, c'est comme si tout le monde se retrouvait tout nu dans la rue. On n'aime pas bien ce qu'on voit, mais on en ricane encore.

Ils ont des faces rouges à cause de l'hiver commençant à balayer les rues avec son vent glacé qui retourne les parapluies, fouette les joues, ils ont des faces rougies, de petits yeux bleus injectés de sang parce qu'ils sont là en train de gueuler pour la télévision. Ils ont des accents terribles, pourtant ça se voit qu'ils font bien attention à ce qu'ils disent, et à ne pas faire de fautes, et à ne pas jurer, mais ils ont des accents incroyables, passe encore pour les gars de

Birmingham ou de Manchester, mais même ceux de Londres, des accents tellement prononcés que si tu n'as pas grandi toi-même dans ce genre de quartier, il y a des moments où tu décroches, tu ne comprends pas ce qu'ils disent. Et comme chaque fois, ce côté populaire, c'est à double tranchant.

Ça ne passe pas bien à la télé, les gueules de pauvres. Leur accent, on le moque. Même quand on a le même.

Ils tiennent les ports, ce n'est pas une guerre mais c'est pourtant ce qu'on dit, ils tiennent les ports par leurs barrages filtrants, et bientôt ils tiendront les raffineries. Les camionneurs de BP sont entrés dans la lutte désormais. Ils ont un pouvoir de nuisance énorme – la télévision dit « ils » pour les opposer à nous qui la regardons. Ils ne pourraient sans doute pas se permettre de mettre toutes les raffineries en grève. Ils ne sont pas assez puissants pour ça. Mais ils sont malins. Ils ont mis au point une grève tournante qui ne nécessite pas de gros moyens pour un maximum de chaos. Ils ont des complices dans les bateaux. Les tankers pétroliers préviennent à l'avance de la raffinerie dans laquelle ils vont accoster pour décharger, et il suffit de bloquer celle-là pour que le pétrole n'arrive plus. L'essence n'arrive plus. Ils vont asphyxier l'Angleterre. Ils prennent le pays en otage.

C'est ce que disent les journaux mais, pour l'instant, ça fait encore rire les gens. Le château de cartes s'écroule lentement, regardons-le tomber encore un peu.

« Car Trouble »
Adam and The Ants

Il y a peut-être un peu plus d'embouteillages que
d'habitude, mais c'est sans doute à cause de la pluie.
Les virages deviennent soudain dangereux, c'est à ça
qu'un cycliste reconnaît l'hiver. Les tampons des
freins glissent sur les jantes. Tu serres les poignées, ça
commence à ralentir, tu te détends, et puis tout à
coup, tu entends un chuintement, ça file, ça repart,
impossible de l'arrêter. C'est pour cela que la plupart
des coursiers utilisent des vélos de piste, sans changement de vitesses, sans roue libre et sans freins. On les
voit qui font du surplace et de la marche arrière, à
l'arrêt. Le principe est simple : le pignon de la roue
arrière est fixe, il est soudé au moyeu. Tu appuies,
ça roule. Il paraît que ces vélos réagissent comme un
prolongement de ton propre corps. Ce sont de vraies
charrues en côte, mais à plat ils te poussent à aller
toujours plus vite, simplement parce que tu ne peux
pas t'arrêter de pédaler. Tu t'arrêtes, le vélo s'arrête.
C'est hyperdangereux comme freinage. Ils disent que

ça marche sous la pluie. Ils, ce sont les autres coursiers, ceux qui les ont adoptés et formeraient presque une secte. Ils passent leur dimanche à les bricoler. Ils montent leurs roues de route et leurs pédaliers soudés sur des cadres allégés de tout-terrain, plus hauts que ceux des vélos de course, pour ne pas frotter dans les virages avec des pédales trop basses – puisque tu es obligé de pédaler même dans les virages. Ils retournent leur guidon vers le haut, comme des cornes de vache, pour avoir une position un peu plus droite afin de surplomber la circulation. Ils graissent la chaîne une fois par semaine. Ils surveillent l'usure des pneus. En hiver, quel que soit ton système de freinage, de toute façon les boyaux dérapent.

Candice n'aime pas faire du vélo l'hiver. Personne n'aime.

Il y a des flaques un peu partout, et la chaussée est défoncée par endroits. Entre les plaques d'égout et les ornières, les trous d'anciens travaux goudronnés avec des gravats, aux abords des caniveaux qui débordent, la rue l'hiver est semée de pièges pour un coursier. Ajoutez à cela plus de gens qui prennent leur voiture, et moins de visibilité.

Mais il y a du boulot, et avec les grèves qui grondent, plutôt plus qu'à l'habitude.

Il y a quatre tournées par jour, chez City Wheelz, à dix heures, midi, quatorze et seize heures. Certains jours, en fonction de la demande, Ned, le patron, rajoute une cinquième tournée à dix-huit heures. Ça correspond aux sorties de réunions, le plus souvent en début de semaine, les lundis et mardis soir. Pendant une journée ordinaire, Pamela, au standard, remplit les feuilles de route au fur et à mesure des appels. Elle ressemble assez à son prénom, Pamela – une voix beaucoup trop haut perchée, presque désagréable, sortant d'un corps de Vénus explosive – et cependant elle est à la fois gentille et efficace. Son métier réclame une organisation exemplaire. Il faut d'abord regrouper les demandes d'enlèvement de plis par rue et par quartier, puis organiser les tournées par coursier, de manière à partir du point de livraison le plus éloigné et en retournant vers la base. Durant les premiers temps de la société on s'était aperçu que c'était plus rapide dans ce sens que dans l'autre, c'est-à-dire s'il avait fallu livrer du point le plus proche au plus lointain, puis revenir d'une traite à la base. On ne sait toujours pas pourquoi, mais c'est toujours comme ça.

Même le métro nous amène plus vite au boulot qu'il ne nous ramène à la maison. Il semble que cela soit à mettre au nombre des malédictions urbaines.

En général, on livre de simples plis, des lettres en recommandé. Parfois des livres ou de petits objets précieux, enfin toutes sortes de choses, tant que cela tient dans une enveloppe en papier kraft, format magazine. Le livreur signe un reçu et glisse l'enveloppe dans son *messenger bag*. Il fait signer sa feuille de route en indiquant l'heure de départ – cela sert de preuve pour établir la facturation –, et remonte sur son vélo.

Il y a plein d'anecdotes qui circulent sur des colis étranges ou spéciaux que des coursiers ont été obligés de transporter pour des clients à peu près aussi bizarres. C'est comme une sorte de mythologie. Les histoires, plus ou moins invraisemblables, ont toujours un fond sexuel ou horrifique : le monde des coursiers à vélo est majoritairement un monde de jeunes hommes étudiants ou au chômage.

Il y a l'histoire du coursier tué par erreur parce qu'il portait les couleurs d'un gang et traversait le territoire d'un autre, à New York.

Celle où le type s'est fait poursuivre par une panthère échappée d'une propriété de San Francisco. À fond de train sur les Russian Hills, sans se retourner.

Et puis il y a bien sûr toutes les histoires de la vieille milliardaire en déshabillé de soie rose. Celle-là existait à la fois à New York et à Londres. Elle faisait simplement aux coursiers des propositions plus directes à New York, et plus bizarres à Londres.

Candice est la seule fille de l'équipe. Cela ne lui pose pas de problèmes. Quand elle arrive en fin de matinée, pour la tournée de midi après sa répétition, elle donne un grand coup de pied dans la porte qui va se fracasser contre le mur et, alors que tout le monde se retourne en sursautant et que Ned s'apprête à râler comme d'habitude, elle lance un tonitruant Salut les gonzesses !, puis elle traverse la

pièce en roulant un peu du cul en signe d'autodéri-
sion, et pose son casque sur le bureau de Pamela. Ça
fait sourire tout le monde. C'est la seule fille de
l'équipe, alors elle peut tout se permettre.

C'est elle qui se coltine les particuliers, dans les
tournées. Les autres font les banques et les entreprises. Elle présente mieux, dit Ned. Et quand il dit
ça il la regarde, c'est maladroit, mais il ne peut pas
s'en empêcher. Il regarde ses jambes, il regarde ses
cheveux. C'est le seul ici, sans doute, à pouvoir se
faire une idée de Candice autrement qu'en pantalon
de jogging déchiré au-dessous du genou. Elle le sait
bien. C'est le seul à pouvoir imaginer que ses cuisses
ne servent pas qu'à pédaler. Elle le voit venir. Les
autres coursiers la considèrent pour ainsi dire comme
un des leurs, pas Ned. D'ailleurs Ned n'est pas non
plus un des leurs. Il a accroché au mur de son bureau
un vieux Raleigh à 3 vitesses en acier et un maillot
de l'équipe qui aurait appartenu, paraît-il, à Bill
Nickson sur le Tour de France deux ans auparavant,
mais tout ça c'est de l'esbroufe et de la brocante. Ned
ne prend que des taxis pour rentrer chez lui.

Ned la regarde et elle sent ses yeux qui se posent
sur elle, dans son cou, sur ses épaules ou carrément
sur ses fesses, même si elle est de dos et qu'elle ne le
voit pas, Candice sent ses yeux qui se posent sur elle,
qui la caressent sans la toucher, comme du vent, le
vol d'une libellule au ras de l'eau, Candice le sent,
elle ne bouge pas, ça ne la dérange pas. Ça ne mar-
cherait pas entre eux. Ils le savent bien. Ned, c'est

juste le patron, c'est un fils à papa, et Candice, elle vient d'Islington Park. C'est ce qu'elle se dit et lui aussi. Pourtant, elle a quelque chose, ça ne s'explique pas, il ne peut pas s'empêcher de la regarder comme ça, elle a quelque chose en plus ou quelque chose de différent. C'est peut-être parce qu'elle est comédienne, ou parce qu'elle parle peu, qu'elle a toujours l'air d'être avec vous et en même temps un peu ailleurs, d'être toujours autre chose que ce dont elle a l'air.

Elle vibre, Candice, elle tremble, c'est comme si elle était toujours un peu floue.

Pamela lui donne le circuit qu'elle a préparé pour elle aujourd'hui. Pas grand-chose, pas trop loin, un cabinet d'avocats, une banque et deux particuliers. Elle aura terminé tôt.

Elle emporte son sac et sa feuille de route sans se retourner – Salut les gonzesses !

« Helter Skelter »
Siouxsie and The Banshees

« Je ne suis pas sûre qu'on puisse aimer le pouvoir en soi. Qu'est-ce que ça veut dire ? » Dans ses carnets le soir, son agenda sans rendez-vous qui lui sert de journal, Candice s'interroge. « Le pouvoir n'est jamais quelque chose qu'on envisage quand on est seule. C'est toujours du pouvoir qu'on a sur quelqu'un, qu'on parle. C'est toujours quelqu'un d'autre qui nous permet d'avoir du pouvoir sur lui. Seule, on n'a pas plus de pouvoir que n'en a un moineau sur le vent.

« C'est trop facile de faire de Richard un monstre. On dit que Richard est une tragédie du pouvoir, qu'il est fou, qu'il est ivre de pouvoir. On règle le problème, mais c'est trop facile. Hitler est un dangereux malade – c'était sûrement un dangereux malade. Et alors ? Fin de l'histoire ? Les Allemands n'y sont pour rien ? Si demain, en Europe, se relèvent des partis d'extrême droite, si les gens votent de nouveau pour eux, on dira qu'il n'y a aucun lien ?

« Quand je vais voir ma mère à Islington Park il y a toujours ce truc qui m'indispose, qui me gêne, même lorsqu'elle est seule et que tout se passe bien, qu'on passe un moment agréable, tranquille. Il y a toujours un instant, parce que ça se passe bien justement et qu'il n'y a rien qui vient troubler la douceur du temps qu'on passe ensemble, un instant où je voudrais l'excuser, elle, pour tous les moments pourris de notre enfance où c'est lui qui piquait ses crises et qui nous tapait dessus ou qui quittait la maison pendant des jours en la laissant pleurer dans sa cuisine – j'ai l'impression qu'elle n'a jamais quitté sa cuisine. Et puis je me rends compte que ce n'est pas possible. C'était un tout, notre enfance. L'excuser, elle, pour l'accuser, lui, ça ne marche pas en fin de compte. Elle a laissé faire, voilà. Et même, pour supporter ça, il a fallu qu'elle l'excuse bien des fois. Qu'elle l'aime, sans doute, ce qui fait d'elle une sorte de complice – à la fois victime et complice.

« Et c'est cela le plus étrange dans le pouvoir. Ce n'est pas Richard, mais les autres. Richard, c'est une brute, il se contente de prendre.

« Ça se situe à un niveau intime. Sur le trottoir de mon enfance, des gamins se plantent devant d'autres gamins, devant toi et disent « Je veux ça » en montrant ton jouet ou ton blouson ou n'importe quoi. Bon. Tu lui donnes ou tu te bats. Et la plupart du temps, ça marche. Tu baisses la tête, tu sais que tu vas te faire engueuler par tes parents si tu rentres sans

ton jouet ou sans ton blouson, mais tu le donnes. Tu
peux faire semblant de rendre ça rationnel. Tu peux
te dire, il vaut mieux laisser filer quand c'est pour une
babiole et résister quand c'est important, mais bon,
la limite est difficile à placer. Si ce qu'il veut c'est un
baiser, puis toucher tes seins à travers le pull, puis
voir ta culotte, puis toucher tes seins sous le pull, puis
baisser ta culotte, bref on a compris à la fin il te viole
dans une impasse entre deux maisons aveugles. Elle
était où, la limite ?

« C'est presque imperceptible. Tu es en train de
coucher avec un type et peu à peu ses gestes, guidés
par l'excitation, deviennent plus fermes, plus forts,
mais c'est l'excitation, alors c'est bien, tu serres un
peu les dents parce que toi, tu n'avais pas prévu que
ce serait sauvage comme ça – mais après tout –, et
peu à peu sa force devient brutale, il te fait mal avec
ses mains quand il serre, qu'il presse ou qu'il tape tes
fesses, tes seins, tes cuisses, et ce n'est plus du tout
une caresse, il te met des claques, il te fait mal, et sa
brutalité devient violence, il est rouge et c'est ça qui
l'excite, il te baise comme si ce n'était plus un couple
en train de faire l'amour, non, c'est lui, c'est lui qui
te fait mal maintenant avec application, te tord les
poignets ou te tire les cheveux, te tape le cul et te
percute en essayant de transformer sa verge en bâton,
en fait il aimerait te faire mal rien qu'avec sa bite,
c'est ça le truc, ça serait la preuve ultime de sa virilité,
de son pouvoir absolu sur toi. Et Dieu sait que ça

fait mal. Toi, tu croyais bêtement que tu allais faire l'amour avec ton copain. En fait il t'a violée, dans ta chambre comme dans une impasse.

« C'est inavouable, c'est trop subtil. C'est comme si ça s'était passé sans nous.

« Le pouvoir tire parti de tous les moments où l'on s'absente. Ce n'est pas de la lâcheté, ce n'est pas si simple. C'est un arrangement. On s'absente des moments désagréables, on essaie de profiter à fond des autres. On croit qu'on maîtrise le truc, comme un tour de magie de petite fille. Dans le fond on croit même qu'on en tire une forme de pouvoir nous aussi. En cédant on ne gagne pas qu'un répit. En cédant on gagne une sorte de contrôle sur la douleur et la réalité.

« Richard n'a pas envie d'être roi. Il a envie de faire mal. Il a envie de les humilier et de les faire souffrir. Il a envie de savoir jusqu'où va le pouvoir qu'il peut prendre sur les autres. Il ne cherche pas un état ou une position. Ce n'est pas une position, le pouvoir.

« C'est une relation. Comme l'amour ou la haine.

« En fait, c'est l'amour et la haine réunis. C'est cela, le pouvoir. »

« Anarchy in the UK »
Sex Pistols

Avec les fêtes qui se rapprochaient et la pluie qui devenait de plus en plus froide, glaciale même, à ne pas réussir à se réchauffer de la journée, une fois qu'on avait pris l'eau, les vêtements qui restaient trempés et les mains gelées, les pieds qui semblaient pourrir à l'intérieur des chaussures toujours humides, avec Noël qui s'annonçait comme ça, le pire depuis des années, Candice n'avait pas besoin de la grève en plus pour lui rajouter du boulot au moment le plus redouté de l'année. Les transporteurs, et puis bientôt pour les mêmes raisons la poste, les camions d'abord, puis les trains, et puis les bureaux eux-mêmes dans certains quartiers, s'était arrêtée net. À travers les grilles du bureau fermé, on voyait les sacs de lettres s'accumuler derrière les comptoirs comme des barricades sur lesquelles personne n'aurait eu envie de tirer. Il allait y avoir les cartes de Noël, les vœux du Nouvel An. Pour l'instant la grève était populaire. Les gens, en général, se foutaient de recevoir leurs factures, mais les cartes de vœux...

Les grèves de la poste, à Londres, ont été le signe que le bazar allait s'étendre dans le pays et dans le temps. Les dockers ou les camionneurs, les ouvriers de l'automobile, passe encore, mais si les fonctionnaires rentraient dans la danse, s'ils se mettaient eux aussi à avoir des revendications salariales, cela pouvait augurer d'une sacrée pagaille dans ce pays où ils représentaient pas loin d'un tiers des salariés. Surtout, le gouvernement ne pourrait jamais accorder les augmentations finalement consenties chez Ford un mois plus tôt et qu'il avait tenté d'empêcher, en vain.

Callaghan était coincé dans sa posture inflexible, sa crise d'autorité. C'est bien beau d'être le chef, mais même le chef ne doit exiger que ce qu'il est certain d'obtenir, c'est une règle absolue. Si l'on ne peut pas mettre sa menace à exécution – ce qu'il n'a pas réussi à faire avec Ford – la partie est finie. Callaghan était coincé. Le pays était coincé. De toute façon, sans augmentation plein de gens ne pouvaient plus payer leur loyer. Coincé, coincé, coincé. Ça sentait l'hiver le plus long.

Dans les rues de Camden qu'elle traverse le matin, Candice slalome entre les sacs-poubelle éventrés, les ordures répandues sur la route. On dirait les restes d'un marché, quand les chiens et les pauvres se disputent à terre les cagettes abandonnées. Les éboueurs, pourtant, ne sont pas officiellement en grève. Ça viendra. Les cours d'immeubles vont se remplir, puis les allées, puis les parcs.

Il y a des manifestations tous les deux jours, des rassemblements et des sit-in, et cela crée des embouteillages monstrueux jusque dans le centre où les rues étroites ne sont pas faites pour les défilés. Certaines stations-service, en ville, viennent à manquer d'essence parce qu'elles n'ont pas été ravitaillées, et cela crée un mouvement de panique. On n'achète pas seulement des bidons d'essence, mais aussi des boîtes de conserve et de la farine, comme en temps de guerre. Ça se voit que les vieux commencent à avoir peur.

Les journaux continuent de compter les points. Pour l'instant, le *Sun* est toujours du côté du gouvernement travailliste. Il y a des rumeurs de grève à la BBC. Ça donnerait au mouvement, en un clin d'œil, un retentissement national. Ce serait autre chose que les sempiternels routiers, dockers et ouvriers de Liverpool ou Manchester, ou les mineurs de Dieu sait quelle ville du Yorkshire. Pour l'instant, ce ne sont que des rumeurs. Il suffit d'un titre en première page de n'importe quel canard pour que les rumeurs les plus folles circulent. *Manifestations violentes à Southend. Un homme est mort dans des affrontements entre grévistes et policiers à Hull.* Les rumeurs courent dans la rue comme les rats.

À la télévision et dans les journaux de droite, on voit des messieurs en cravate expliquer que tout cela est de la plus grande gravité, de la plus haute importance ou qu'il est de la plus extrême urgence de revenir à la raison. Ils envisagent de recourir à la force s'il le faut. À l'armée, aux réquisitions. Ça se voit que les patrons et les politiciens commencent à s'énerver.

Cela la fait plutôt rire, Candice. Cela fait rire plein de gens qui en ont plein le dos, tous ceux sur qui on tape d'habitude parce que rien ne va jamais en Angleterre, tous les pauvres, tous les jeunes, tous les étrangers, et même une bonne partie de tous les gens en général, ceux à qui on répète depuis dix ans que tout va mal, que c'est de leur faute, alors que les politiciens qui leur disent ça, les lords, les juges, les grands patrons, les gens qui savent, et même ceux de gauche, eh bien eux ils ne donnent pas l'impression de se faire trop de bile. Ils ont toujours de beaux vêtements et de jolies voitures, un accent impeccable appris à bonne école. Cela fait rire plein de gens de les voir soudain grincer des dents.

Ce n'est pas très anglais d'adresser la parole à un inconnu. Cependant il y a tellement d'embouteillages, certains jours, que les gens s'arrêtent, coupent le moteur. Candice en a déjà vu qui sortaient de leur voiture ou de leur taxi et se mettaient à discuter, sans thé ni cérémonie, au bord de la chaussée.

Les grèves sont communicatives. Les grèves poussent les gens dans la rue. Il manquerait plus que les trains s'en mêlent.

« A Different Kind of Tension »
Buzzcocks

Noël a fini par arriver, même pour Candice et pour plein de Londoniens qui n'en ont pas grand-chose à faire, spécialement cette année, mais qui se forcent quand même, parce que dans une famille il y a toujours quelqu'un à qui on n'en veut pas suffisamment pour lui gâcher la fête. Pour Candice, c'est sa mère. C'est important, Noël, ici.

Chez City Wheelz, cela fait bientôt une semaine qu'ils enfilent tous des blousons légers rouges et des bonnets assortis, comme si des pères Noël à vélo livraient les courriers d'avocats et d'employeurs impatients.

Elle vient chez ses parents à vélo comme d'habitude et elle l'attache à la grille, côté maison, pas côté trottoir. Côté trottoir, dans le meilleur des cas, les vélos se prennent un méchant coup de pied dans les rayons. C'est le quartier qui veut ça. Ça lui fait toujours une drôle d'impression de repasser devant tous les coins qu'elle a fréquentés dans son enfance, son ancien lycée, puis son ancienne école, la mairie, l'épicerie au coin de la rue et la salle de boxe, la bourse alimentaire dans les locaux de l'Armée du Salut, qui sentait l'eau de Javel et la sauce de viande, et parfois l'œuf dur bien sûr, ce qui faisait un drôle de mélange, et puis les maisons, les maisons des copains, les terrains vagues qui étaient comme des îles au trésor dans ce quartier d'Islington pareil à une étendue marécageuse. Islington Park, on disait, mais il n'y a jamais eu de parc, en tout cas pas le genre où les nourrices amènent les gamins pour qu'ils jouent sur de jolies balançoires en bois semblables à de gros landaus. Tous les jardins sont privés à Londres, alors il y en a moins dans les quartiers populaires. Plus on monte vers le nord, et plus les immeubles sont vétustes. Plus ils se ressemblent aussi, massifs et sombres blocs victoriens en briques, serrés les uns contre les autres, anciens quartiers ouvriers devenus des quartiers de chômeurs, tristes, claustrophobes et sales.

C'est la sœur qui lui ouvre la porte.

— Il n'y a presque personne dans les rues, c'est le seul bon côté de Noël, dit Candice en entrant, se pinçant aussitôt les lèvres.

— Moi aussi je suis heureuse de te voir.

La sœur sourit. Peut-être par méchanceté, peut-être qu'elle finit par manier l'ironie. Ou peut-être qu'elle sourit vraiment – comment savoir ? – et que Noël est une sorte de trêve. Pourtant tous les ans c'est une catastrophe.

Au salon, le mari de la sœur s'avance, il s'est levé plus vite que le père. Ils doivent en être à leur troisième pinte, le vieux va bientôt devoir pisser toutes les cinq minutes. Le mari lui met la main sur le cou, dans les cheveux, l'air de rien pendant qu'il lui fait la bise, il ne peut pas s'en empêcher. C'est mieux que sur la hanche – quoique –, mais il s'attarde toujours un peu trop, il en fait toujours un peu trop. En Angleterre on ne s'embrasse pas, normalement. On se salue en se serrant la main, la première fois qu'on se rencontre, et ensuite d'un simple signe de tête. Sauf en famille, alors que ce sont les gens qu'on a le moins choisis. La main dans le cou, évidemment, la sœur l'a vue – Ce n'est tout de même pas ma faute si ton mec est aux abois – Va pas me l'énerver, Candice, pas toi – Et merde, bonsoir papa.

— Soir, pa.

Elle fait ça depuis qu'elle est ado, presque uniquement lorsqu'elle est ici, chez ses parents. Candice a l'impression que si elle pouvait raccourcir complètement tous les mots, s'exprimer par monosyllabes, ce serait un peu comme devenir ventriloque, un peu comme si elle pouvait dire des trucs sans que ce soit vraiment elle. À moitié.

Sa mère est dans la cuisine, comme toujours. Elle est penchée sur sa cocotte où nagent dans un bouillon réduit et gélatineux des choux de Bruxelles et des carottes taillées en pointe. Le couvercle dans une main, une grosse cuiller en bois dans l'autre, au milieu d'un nuage de vapeur et d'effluves qui embue aussitôt la seule fenêtre. Dans le four, un énorme poulet rôti, presque aussi gros qu'une dinde, ruisselle de graisse sur une paillasse de pommes de terre.

— M'an.

— Ne rentre pas là, Candice, j'arrive, j'arrive, je ne t'avais pas entendue.

Candice rentre quand même et elles s'embrassent. La mère la tient dans ses bras, puis elle la tient devant elle, les mains sur ses épaules, les yeux dans les yeux – Tu es venue seule ? – Maman, je n'ai personne en ce moment, je te l'ai dit – C'est peut-être aussi bien…

— Tu as l'air en pleine forme.

— Toi aussi, tu n'as pas changé, maman.

— Bien sûr que si, mais c'est gentil, je veux dire que toi, tu es resplendissante.

— Mickey a l'air d'apprécier lui aussi.

— Attention, Candice, pas aujourd'hui, je ne veux pas de problème avec ta sœur aujourd'hui.

— Ce sale con n'a pas pu s'empêcher de me tripoter mais c'est pas grave.

— Les hommes sont comme ça.

— Non, Mickey est comme ça parce que Alice l'a mis au régime et qu'il bave devant le menu.

— Ce sont des choses qui les regardent.

— Au moins, elle, il ne la harcèle pas, c'est sûr. Elle a encore grossi, je crois.

— Candice, c'est Noël.

— C'est une dinde.

Ça lui a échappé pile au moment où la sœur se tordait le cou à la porte de la cuisine dans l'espoir de les rejoindre. Maintenant elle se tord le nez. Bien sûr qu'elle a entendu.

— Non, c'est un gros poulet.

— Un très gros poulet.

— Il n'y a pas de raison, on ne va pas se priver, c'est Noël.

Et elles éclatent de rire toutes les deux, la mère et la fille préférée, c'est comme ça. Mi-comédie, mi-soulagement. Et l'impression d'avoir fait une bonne blague.

— Tu viens avec nous, Alice ?

— Non. Je venais voir si vous en aviez pour long-temps. Ça cause foot au salon.

Les discussions sur le foot sont houleuses et à mourir d'ennui. On ne fait qu'y recycler les chiffres et les statistiques connus des journaux sportifs, dans le but de faire passer pour rationnelle une série de pronostics hasardeux qui ne serviront qu'à engloutir un peu plus d'argent en paris, en billets de stade et en hectolitres de bière. Au moins les protagonistes tombent-ils toujours d'accord là-dessus. Il va falloir fêter la victoire ou bien éponger la défaite. On est dans la période creuse du championnat. En mai, Arsenal a raté la coupe contre Ipswich – un score minable – un seul but – même pas beau – une tra-gédie.

Le club est plutôt bien parti cette année.

Ils en sont à la troisième pinte.

À table, ils continuent à en parler. Les filles sont censées bavarder de leur côté, et les conversations se mélangent, deviennent un brouhaha permanent, elles sont censées discuter de Dieu sait quoi – de feuilletons télévisés, de potins de la Couronne, de soldes, jusqu'à ce que ça dérape – Mais avec les payes qu'on a en ce moment – Ils sont en grève, chez vous, à la bibliothèque ? – À cause des 5 % ? – On a de loin la meilleure défense du championnat – À ce qu'on dit on pourrait avoir plus finalement – Oui mais pour ça il faut se mettre en grève – Pat Jennings, O'Leary, Brady, tous des Irlandais, on se demande ce que ce pays ferait sans les Irlandais – Dans le théâtre tu sais ce n'est pas le même système, ce n'est pas un salaire – C'est sûr, et comme tu n'es pas encore tout à fait comédienne – Mais tu vas déjà jouer dans une pièce cette année n'est-ce pas ? – L'année est à nous, putain les enfants, la dernière année de la décennie ! – *Richard III*, de Shakespeare – Et les copains de papa, ils sont en grève ? – À Barley et à Grove les usines se sont arrêtées – *Richard III*, c'est l'histoire de Richard – On s'en fout, tant qu'on ne manque de rien – C'est à cause des camions – Jennings est certainement le meilleur gardien de tous les temps – Il paraît qu'à Liverpool il y a même des ambulances qui se sont mises en grève – C'est une pièce sur le pouvoir – D'ici à ce que les hôpitaux aient des problèmes à leur tour – C'est bien qu'on ne se laisse pas faire, mais faudrait pas que ce soient toujours les mêmes qui trinquent – Et puis quoi après, qu'est-ce qu'ils veulent ? – Le pouvoir, c'est des abus d'un côté, de l'ambition de l'autre – Ils tiennent le pays en otage, voilà ce qu'ils font – Dans la pièce que je joue, c'est surtout les autres personnages qui le laissent faire, qui sont responsables de – Ce matin, l'épicier m'a dit qu'il n'était pas sûr d'être encore approvisionné la semaine prochaine – Au train où vont les choses – Et Pat Jennings, tu crois qu'il se met en grève, Pat Jennings ?

— Moi je crois que les syndicats ont raison.

Elle n'en pense rien en fait, Candice. Elle vient simplement de comprendre que ce n'est pas la position du père. Elle ne peut pas s'en empêcher. Elle l'a dit suffisamment fort pour que cela parvienne à l'autre moitié de la table, et ça n'a pas raté. Il a failli s'étrangler. Le père est devenu soudain tout rouge, on voit les veines de son cou comme sur les gros chiens à force d'aboyer. C'est ce qu'il fait.

— Parce que tu crois qu'ils m'ont aidé, moi, les syndicats ? Tu crois qu'il m'a aidé, le gouvernement ? Putain, j'ai toujours été travailliste. Mon père aussi, et le père de mon père. On était dans le Yorkshire à l'époque. Les mineurs, c'est travailliste. Et tu crois qu'ils ont fait quoi que ce soit pour moi ? J'ai cinquante-cinq ans et je suis au chômage, et tous les lundis il faut que j'aille dans leur putain d'agence où on me fait remplir des formulaires, comme si on trouvait du boulot par correspondance. Tu crois qu'ils ont levé le petit doigt ? Dis, tu crois qu'ils ont déjà fait quelque chose pour moi ?

— Enfin, ce n'est tout de même pas de la faute des syndicats, si…

— Si je ne suis plus bon à rien, c'est ça que tu penses, hein, Candice ?

— Pa. S'te'pl.

Elle se recroqueville. C'est Noël.

Ça n'a pas de fin, cette histoire. On dirait que les familles sont faites pour ça. Elles créent des rôles, des règles, des interdits et des silences infranchissables. Tu deviens un individu, mais dans la famille non, tu dois tenir ton rôle, respecter les règles, ne pas transgresser, te taire. C'est tout ce qu'on attend d'elle, et c'est justement ce qu'elle ne sait pas faire. À la fin c'est toujours à elle qu'on en veut – Tu sais bien comment est ton père – Un sale con – Candice, c'est Noël, fais-le pour moi – Pour toi, maman.

— Elle n'a pas voulu dire ça, voyons. Allez, reprenez du poulet.

Ça la rend folle, Candice.

« Guns of Brixton »
The Clash

Il n'y a pas de trêve des confiseurs à Londres, mais au contraire une frénésie qui s'empare des boutiques pendant toute la période de Noël et même après, jusqu'au jour de l'An, si bien que pendant une semaine, entre les deux, on a presque oublié les grèves. Il faisait vraiment froid depuis quelques semaines. C'était une époque où il neigeait encore à Noël sur le nord de l'Europe.

Une époque troublée, où les gens ont commencé à ne plus croire ce que leur racontait leur gouvernement. Avec le chômage, tout était soudain cassé. Les carrières, les plans de retraite, même les identités. C'est fou le nombre de gens qui se présentent en disant ce qu'ils font. Et s'ils n'ont plus de travail, il faut pourtant bien qu'ils soient encore des gens.

Les jeunes avaient compris ça. *No future*, c'était leur slogan. Ils s'en foutaient. On pouvait encore danser et coucher ensemble, boire de la bière bon marché, au pire il y avait d'autres endroits moins chers, au pire on ferait le tour du monde – *No future*.

Et le 3 janvier 1979, tout s'est arrêté.

Grève des transporteurs. Grève totale. Grève générale. Convergence des luttes des secteurs privé et public. Plus un camion, un fourgon, une camionnette, sur aucune route, pour transporter quoi que ce soit. Même pas un paquet de porridge.

La température vient de tomber sous zéro. On prévoit un des hivers les plus rudes depuis 1940. Dans la nuit du 5 au 6, une tempête de neige ajoute au chaos un scintillement enfantin venu des étoiles.

C'est la grève totale qui s'annonce dans les journaux. À la BBC on voit des files de camions à l'arrêt sous une épaisse couche de neige. Des gens font la queue devant leur épicerie. Ils essaient de bouger le moins possible à cause du vent. Ils baissent la tête, le nez fendant le blizzard. On voit des leaders syndicaux entrer dans les ministères et ressortir, sourire aux lèvres. Ils s'arrêtent en haut des marches et font des déclarations enflammées, les bras écartés vers la foule des journalistes, comme des prédicateurs. Les voitures sont toujours à l'arrêt au milieu de l'autoroute, bloquées par un barrage de camionneurs. Une vieille femme tremble en parlant à la caméra, parce qu'elle n'a pas l'habitude, elle dit qu'elle a vécu la guerre. On voit des files de voitures faisant la queue à une station d'essence afin de remplir les réservoirs au cas où. Le Premier ministre sort du 10 Downing Street et s'engouffre dans sa voiture, faisant signe aux journalistes qu'il ne souhaite pas leur parler, mais à travers la caméra, c'est aux Anglais qu'il dit, Non, plus tard, vous me fatiguez, les gars. On voit un piquet de grève devant une usine, les ouvriers sont autour d'un brasero comme s'il s'agissait d'une soupe populaire. On ne sait même pas ce qu'ils fabriquent dans cette usine. Le type qu'on interroge a un fort accent du Nord, il crie plus qu'il ne parle parce qu'il y a du bruit autour de lui, on ne comprend rien.

Dans la rue à Brixton, des jeunes en blouson de cuir se battent contre des jeunes à cheveux longs, ils sont peut-être cent, c'est une espèce de bataille rangée. Le même genre de scène, avec des jeunes aux cheveux courts et décolorés et d'autres au crâne rasé, jean à revers, que quelques jours plus tard, du côté de Southend.

Il y a des embouteillages monstrueux. On ne sait pas trop si c'est à cause du froid, de la neige, des manifestations, des barrages routiers. Le journaliste penche pour les grèves. Tout ça, c'est à cause des grèves. À Liverpool et à Manchester, deux villes ouvrières particulièrement touchées par les mouvements, les gens sont assis sur le pas de leur porte. On dirait que plus personne ne travaille. Peut-être qu'ils ne font pas partie des grévistes, peut-être qu'ils étaient au chômage avant. Ils font des signes injurieux en direction de la caméra et se lèvent, menaçants.

Un hôpital de Liverpool, privé d'ambulances, a refusé d'ouvrir son service d'urgences. Dans un autre quartier, on interroge une mère, visage maigre, nez rougi par le froid, une écharpe nouée autour des oreilles et du cou. Elle a peur. Et si son enfant était malade ? Le petit regarde la caméra d'un air méchant comme il a vu faire au cinéma. De la morve lui coule du nez comme si c'était de l'eau.

À Hyde Park, à Londres, à toute heure du jour et malgré la météo, une foule de jeunes gens se presse. Pas des ouvriers. Ils n'ont rien compris – ce métier on ne veut plus le faire. Ce sont des étudiants, des squatters, des intérimaires, des musiciens, des barmans, ils parlent, ils discutent, ils font des discours. Ils refont le monde, comme si on allait le leur donner. L'hostilité grandissante des médias à leur égard ne fait que renforcer le mouvement. Pourtant ils ne sont pas là pour ce que les vieux syndicalistes appellent la convergence des luttes, ou pour faire avancer la cause révolutionnaire de quelques-uns, ou encore pour obtenir une augmentation de salaire et rentrer dans le rang une fois de plus. Ils sont là parce qu'ils sentent que se joue quelque chose, ici, maintenant, que la décennie s'achève et que le vent d'un hiver terrible est en train de tout emporter.

L'hiver du mécontentement.

« I Wanna Be Me »
Sex Pistols

« Ce matin, la répétition a été annulée au dernier moment. Nous étions déjà au théâtre, en train de nous changer. Le vélo, l'hiver, c'est l'enfer, parce que tu transpires quand même en pédalant, mais les tee-shirts mettent un temps fou à sécher, même sur un radiateur. Comme on n'a pas de loge, je le pose sur la rampe de scène. Des gars de la Royal Shakespeare Company sont arrivés au théâtre. Pas nombreux : il y avait un acteur que j'avais déjà vu, celui que Nancy connaît, et deux femmes dont une plus âgée, en tailleur très chic. La vieille avait une tête qui me disait quelque chose. Les acteurs de la Royal Shakespeare Company, on les voit partout. Ils font du cinéma, ils tournent dans des téléfilms de la BBC. C'est grâce à eux qu'on a eu le théâtre : ils y jouent cette année. Nancy les appelle "les gars de la Royal", sans préciser, et à chaque fois j'ai l'impression qu'elle parle de l'Air Force ou de la Navy.

« Ils se sont installés à l'orchestre, dans l'ombre parce qu'on n'éclaire pas la salle évidemment, juste la scène avec une rampe à terre au niveau du rideau, qui nous éblouit pas mal. L'acteur que Nancy connaît est monté seul sur le plateau pour lui parler à voix basse. On a dû sentir à leur attitude que quelque chose clochait parce que, sans se le dire, on s'est toutes arrêtées d'enfiler nos sweat-shirts et nos pull-overs, nos collants, nos guêtres en laine, nos chaussons ou nos baskets spéciales parquet et, tout en continuant à parler entre nous, on les a observés du coin de l'œil. Les deux femmes qui étaient restées dans la salle, à l'orchestre, étaient à peine visibles à cause du contre-jour. Elles s'étaient assises au quatrième ou cinquième rang. On distinguait seulement deux silhouettes en train de murmurer. La porte par laquelle ils étaient entrés tous les trois était demeurée légèrement entrouverte. On pouvait apercevoir, là-bas aussi, dans le fond, derrière les baignoires, deux ombres, debout celles-là, deux types en costume, comme des garçons de salle, qui se tenaient dans l'encadrement de la porte. Peu à peu on s'est toutes mises à scruter l'obscurité. Pas ostensiblement, pas avec insistance, mais enfin on voyait bien que Nancy, qui avait commencé sa conversation assez haut perchée et sûre d'elle, du genre "Quelle surprise mon cher ami !", parlait à présent à voix basse avec son "gars de la Royal". On voyait bien qu'il se passait quelque chose.

« Au bout d'un moment, ils ont arrêté de parler et Nancy nous a demandé de reprendre nos manteaux. "Rhabillez-vous, les filles, je vous expliquerai au café." Son comédien nous a alors regardées comme s'il venait de remarquer notre présence sur scène. Il s'est incliné légèrement pour nous saluer, sans rien dire, sans la moindre hésitation, sans la moindre surprise, comme si on avait toujours été là, comme si aucune d'entre nous n'était bêtement en culotte ou en train de tenir devant sa poitrine un tee-shirt qu'elle n'avait pas eu le temps d'enfiler, il s'est incliné avec un très joli sourire, et j'ai pensé : Celui-là, il peut sûrement lui demander n'importe quoi, à ma Nancy.

« Je ne voulais pas la mettre mal à l'aise, alors je n'ai pas râlé comme j'aurais dû. Aucune d'entre nous ne l'a fait, même pas Cindy.

« Il y a deux excuses qui marchent à tous les coups sans avoir besoin de les justifier. Le boulot, plutôt pour les hommes. Ils disent "Je rentrerai tard du boulot", ou "Il y a eu un problème au boulot", ou "C'est pour le boulot que je le fais", ou encore "Je suis bien obligé, c'est le boulot". Depuis qu'ils sont petits garçons, les hommes, c'est du sérieux. Si c'est pour le boulot, ils peuvent tout se permettre. Les filles, elles, c'est l'amour. Les copines ont le droit de te faire des cachotteries, des infidélités, elles ont le droit de te cacher des trucs si elles sont amoureuses. Elles ont le droit de faire des conneries, de ne pas suivre tes conseils, elles ont le droit de te planter au dernier moment pour un ciné ou une sortie au pub. Si elles sont amoureuses, tu ne peux rien leur dire. C'est leur destin de fille. Sans savoir si c'était vraiment son petit copain, je n'ai rien dit à Nancy devant lui.

« Je me suis quand même retrouvée avec mon tee-shirt mouillé dans un sac en plastique, pas le temps de le faire sécher, c'est malin.

« Je crois que les deux femmes n'auraient pas dû se lever pour nous saluer quand on est sorties, ce n'était pas prévu comme ça. Mais au moment où on passait dans l'allée tout près d'elles, c'est ce qu'elles ont fait. La plus vieille des deux me disait vraiment quelque chose. Je l'avais déjà vue à la télé, c'est sûr. Nancy s'est arrêtée à sa hauteur et elle a fait une espèce de petite révérence. Derrière elle, on a toutes failli se rentrer dedans. Une petite révérence, sans déconner, comme si c'était la reine ou je ne sais qui. Elle a demandé ce qu'on jouait et elle a semblé apprécier que des filles s'attaquent à *Richard III*. Elle a dit en souriant qu'elle aussi, à sa manière, elle s'attaquait à *Richard III*. Elle n'est pas comédienne. C'est une femme politique. Elle dit qu'en politique aussi ça change pas mal de choses d'être une femme.

« C'est au café que Nancy nous a dit qui c'était : la chef du Parti conservateur. C'est pour ça qu'on l'avait déjà vue à la télé. Elle prenait avec des comédiens de "la Royal" des cours de diction pour les discours, pour gommer un accent pointu qu'elle avait, un accent qui faisait populaire. Il paraît que c'est Laurence Olivier lui-même qui a arrangé ce coup-là avec "la Royal". Il paraît qu'elle était fille d'épicier.

« Margaret Thatcher, elle s'appelle. Je le note pour ne pas l'oublier. »

« Interzone »
Joy Division

Alors que la grève s'étend aux transports publics, dans tout Londres les gens apprennent à faire avec. À l'école d'art dramatique où Candice prend ses cours du soir, c'est simple : les étudiants qui habitent trop loin campent dans les couloirs et les salles de répétition qui ne servent pas. Emmitouflés dans des couvertures ou des espèces de ponchos de laine, ils dorment à moitié assis, par terre, le dos le long des murs et les jambes allongées. Ils penchent, se soutiennent ou s'écroulent les uns sur les autres. Avoir une chambre en ville, même sous-louée dans un appartement, devient un argument de drague presque imparable. Il paraît qu'il y a aussi des profs, parmi les squatters de l'école. Certains soirs, Candice enchaîne son vélo dans la cour et elle reste là. Ce n'est pas qu'elle n'aime pas rentrer seule chez elle, mais il y a là un paquet de copines et de copains bien vivants qu'elle ne va quand même pas laisser faire la fête sans elle.

Tout le monde achète de la bière, alors on dirait que le frigo de la cafétéria est magique : quand on l'ouvre, il est toujours plein. Au sous-sol, sous la cour, dans le studio de danse, il fait chaud même la nuit parce qu'il est à côté de la chaudière de l'immeuble. Lorsqu'il ne pleut pas on se paie le luxe d'ouvrir les deux gros Velux en plastique jauni, comme si on allait voir les étoiles. On fait tourner quelques joints. On discute de la grève. Le nouveau copain de Cindy raconte qu'il habite dans un squat depuis le mois de mai. Un truc énorme d'après lui. Une ancienne école, un lycée professionnel ou quelque chose dans ce goût-là, à cause de ça on appelle ce squat la « school house », du côté de Hammersmith. Il y a peut-être cent familles là-dedans. Des artistes, des musiciens. Des camés, aussi. Avant, il était à Villa Road, dans Brixton.

Il ressemble à Cindy, son copain. Il s'appelle Albert, comme le prince de Galles – c'est ce qu'il dit. Il a les yeux toujours légèrement plissés, comme s'il souriait tout le temps, et ça lui retrousse un peu les lèvres. C'est comme s'il était toujours sur le point de dire quelque chose, une blague, une moquerie. Il raconte des histoires pas croyables, c'est le genre à qui il arrive tous les jours quelque chose, et il raconte ça comme si c'était rien, les descentes de flics, les bagarres, les potes qui ont fait une overdose, comme si c'était vraiment des choses qui arrivaient tous les jours. Avec ses yeux plissés et son sourire qui fait la moue, comme si c'était normal, pas grave. C'est lui qui apporte les revues du « syndicat des squatters londoniens », les petites brochures pratiques qui expliquent comment barricader un bâtiment et résister à la police. Il milite dans une association, mais il prétend qu'il est situationniste. Personne ne sait ce que cela veut dire, au juste.

Il connaît les calendriers des manifs et de certains piquets de grève volants. Il annonce les rendez-vous du lendemain, les sit-in à Hyde Park ou devant Westminster, comme si c'était le programme d'un festival de musique. Au milieu de la nuit il se lève, lance à la cantonade : Je connais le bar le plus cool du monde. Il se trouve ici, à Londres.

Tout le monde y va, enfin leur petit groupe, tout le monde le suit, alors Candice aussi. Elle prend son vélo. Ils doivent être cinq ou six autres mais Cindy a une voiture incroyablement petite dans laquelle on peut tasser un nombre incroyable d'étudiants.

En surface, le Nightingale's est un bar de nuit, comme le nom l'indique, qui a dû être chic à une autre époque de la ville, et le sera de nouveau un jour. On pourrait dire cela, sans doute, de la moitié de la cité. Après-guerre, Londres a été reconstruit en briques ou rafistolé en béton pour fournir un décor historique à la misère. Les classes moyennes, on les reloge depuis des années dans ce qui est devenu le grand Londres, en réalité une succession de petites villes où alternent des quartiers-dortoirs plus ou moins confortables et des quartiers de commerces. Pour traverser la ville, pour aller travailler, certains mettent plus de deux heures. Le centre, disons Soho, Chelsea ou South Ken, le cœur de Londres en 1979 n'est qu'un taudis sale et puant.

Les Anglais sont pauvres, c'est un fait. Ils sont mal nourris, mal soignés, plutôt maigres – cela n'a pas toujours été un compliment –, ils ont un accent outrageusement prononcé et des dents mal placées qui courent après le bifteck. Ils vivent dans des appartements vétustes où l'électricité grésille et où l'eau a un goût de fer. Malgré tout ils s'amusent bien, dans des endroits comme le Nightingale's justement, toutes les fins de semaine à partir du jeudi soir.

Dans Soho, ce ne sont pas les lieux de concert qui manquent. Des pubs et des bars il y en a des tonnes, des rues étroites, des immeubles noirs. Le Vortex, le Club Louise, le St Moritz, le Paradise et le Marquee, le Ship, le 100 Club, le Roxy, le Cambridge sont là. Ils sont tous là. La nuit et au petit matin on y croise des créatures qui semblent déguisées, à moitié vêtues, les yeux caves et noircis de khôl ou de Rimmel, la peau pâle aux ombres grises, le visage qui transpire, les bras nus. Ils rient et ils dansent, ils boivent, ceux qui le peuvent encore, ils ont le regard qui flanche, les yeux qui roulent, les jambes qui se dérobent, et ils rient, et ils dansent. Ils ne savent pas qu'au-dehors le soleil est déjà en train de se lever. Quand ils sortiront, ils courront chez eux comme des rats ou comme des vampires essayant d'éviter la morsure de l'aube. Ils se feront éclabousser par les seaux d'eau qu'on jette sur les pavés, devant les boutiques, dans les ruelles encore sombres, pour liquider la nuit.

Le Nightingale's est différent – c'est comme un rêve, les soirées du Nightingale's.

La bande d'étudiants se glisse dans le bar tandis qu'Albert fait les présentations. Ce n'est pas un pub comme les autres – plutôt un club, mais d'anonymes, sans carte de membre.

L'établissement, en plus de la grande salle, tire parti de deux sous-sols de caves qui datent de la construction de l'immeuble, mais qui ont pris une importance capitale au moment de la guerre, pendant les bombardements. Tout un microquartier venait alors s'y réfugier, parfois en plein milieu de la nuit, et si souvent qu'on avait fini par y installer toutes sortes de commodités récupérées ou apportées par les voisins reconnaissants, des divans pour s'y reposer, des tables pour jouer, des chaises, des pots de chambre, des couvertures, des lampes à pétrole, enfin tout un bric-à-brac, des jouets en bois et des lits pour enfants, de la vaisselle, même de petits tableaux peints sans doute par les occupants eux-mêmes. On avait abattu quelques murs de briques, monté d'autres cloisons, tels des paravents, en planches et en tissu, aménagé des rangées d'étagères, comme des bibliothèques peuplées de boîtes de conserve et de bouteilles de brandy, de paquets de café, de farine, et même de quelques livres. On avait rapporté de vieux canapés, des fauteuils défraîchis. Des matelas étaient utilisés comme des lits. À la fin de la guerre, le sous-sol était une sorte de labyrinthe de salons minuscules et de chambres en alcôve modestement décorés. Quelques familles essayèrent d'y revenir, une fois ou deux, en compagnie de voisins, mais l'endroit était devenu lugubre. Plutôt, il était visible qu'il fut autrefois joyeux et chaleureux, mais on ne pouvait pas se permettre de repenser à la guerre en ces termes, alors il fut peu à peu délaissé et voué à l'oubli progressif. Les gens déménagèrent. Certains moururent. Les meubles restèrent. Lorsque les propriétaires du bar entreprirent d'installer trois citernes gigantesques de bière à la cave, trente ans plus tard, ils tombèrent là-dessus. Ils changèrent leurs plans.

Le Nightingale's est depuis lors un des secrets les mieux gardés de Londres.

Albert a passé son bras autour des épaules de Cindy. Il lance des coups d'œil derrière lui, à l'adresse de Candice et des autres. Dans un coin de la salle, l'escalier qu'il leur montre d'un geste s'enfonce dans le noir. Il n'est pas éclairé, seulement les premières marches où filtre encore la lumière du pub, au rez-de-chaussée – Vous allez voir. Ils descendent, une main courant sur les pierres rugueuses du mur, les pieds cherchant la prochaine marche, les sens en alerte. La musique les enveloppe. Elle n'était pas là l'instant d'avant, et on dirait soudain qu'ils nagent dedans.

C'est un jazz lointain, comme étouffé, et cependant il semble provenir de partout autour d'eux. Candice pense à une musique aquatique. Peu à peu ses yeux s'habituent à l'obscurité.

Ils viennent de déboucher dans une vaste pièce voûtée dont tout le mur du fond est occupé par un bar. Sur chaque étagère et sur le comptoir lui-même, des dizaines de bougies jettent en tremblant, sur les bouteilles et les silhouettes, autant de feux que d'ombres. Dans cette salle les gens sont debout. Ils discutent, ils attendent qu'on les place, ils viennent passer des commandes au bar. Des hôtesses qui connaissent le terrain par cœur semblent glisser entre les ombres avec des mouvements rapides et souples. Elles ont des minijupes de chez Biba et leurs jambes et leurs bras nus ont l'air de luire, blafards, dans la nuit souterraine. Mais lorsqu'elles s'approchent du comptoir cuivré et de ses bougies, on dirait qu'elles se réchauffent, qu'elles sont près de s'enflammer.

La petite bande s'éparpille déjà à la recherche de quelque chose à boire. Candice reste avec Cindy et son mec – Le pianiste est un copain, dit Albert qui les conduit vers un couloir faiblement éclairé à la lampe à pétrole, distribuant d'autres pièces, plus petites et plus sombres encore, où des gens sont installés autour de tables basses en bobines de câbles, ou affalés sur des canapés défoncés, formant des amas de jambes et de rires. La musique est partout, entêtante et légère, syncopée, différente. Candice n'a jamais vraiment écouté de jazz. À aucun moment le son du piano ne semble faiblir ou divulguer son origine. On dirait qu'il provient de tous les conduits d'aération à la fois, comme un air qui viendrait lui aussi du passé et ferait partie de la magie des lieux.

Il paraît qu'il a fallu ouvrir le rez-de-chaussée jusqu'au trottoir, et refaçonner la voûte derrière, pour faire descendre le piano – Un Broadwood de concert, laqué noir. Albert lance des clins d'œil à la troupe. Il sourit à Cindy, toutes dents dehors – Vous allez voir. Et ils débouchent dans une pièce, moins vaste que la première et le bar, où trône tel un bloc d'obsidienne le grand piano à queue aux arêtes brillantes, couvercle ouvert, lyre et pieds sculptés, masse inquiétante et plus noire que la nuit qui l'entoure, reflétant depuis les profondeurs de sa laque parfaitement lisse, comme des éclairs dans une eau calme, la moindre lumière des chandeliers posés au sol autour de lui. Aussitôt la musique résonne, assourdissante. L'air de la pièce en est saturé. On dirait que les flammes des bougies oscillent en cadence.

Candice ne voit pas tout de suite le pianiste. Elle demeure en arrêt à l'entrée de la pièce. Sa cage thoracique vibre et tremble. Au plafond, elle distingue une sorte de coupole de caissons grillagés qui concentre la mélodie et la disperse dans tous les conduits d'aération des caves, jusqu'à la plus minuscule où la musique se déversera, lointaine et aquatique, comme suintant des murs eux-mêmes.

Quelques chaises et deux banquettes sont disposées le long du mur, où personne ne s'assoit jamais. De l'auditoire fantôme des clients, de leurs bruits de conversations lointaines, de leurs rires, on n'entend presque rien, ici. Albert contourne le piano et Jones lui adresse un signe de tête. Même genre de regard amusé, même sourire en coin, pense Candice. Elle ne sait pas qui est Jones. Elle n'apprendra même pas son nom, évidemment, juste son prénom qu'elle entend à peine lorsque Albert les présente – Attendez un peu, je fais une pause bientôt.

À la fin de son set, Jones les invite à le suivre dans un petit salon attenant à la pièce où il joue. C'est une sorte de loge ou de pièce de repos. Jones et sa grande carcasse s'y glissent en se courbant instinctivement, essayant de se couler dans l'espace confiné. La pièce est meublée d'époque, comme les autres, avec une commode vermoulue qui servait d'armoire, un sofa pour unique siège et une caisse de brandy en guise de table basse, vide depuis longtemps. Jones la traîne un peu par terre pour la décoller du sofa et s'asseoir dessus. Cindy, Albert et Candice s'enfoncent mollement dans le canapé dont les ressorts doivent être détendus depuis longtemps. De près on voit, même à la lueur des bougies, qu'il est recouvert d'une pane de velours verte tirant sur le jaune aux endroits où le tissu commence à s'élimer. Sur la caisse en bois trop basse, les jambes et les bras de Jones dépassent comme des pattes d'araignée. Il allume une cigarette.

Sur le mur derrière lui, un cadre poussiéreux est accroché à hauteur de visage, avec une photo d'enfant.

Quoi de neuf ? – La musique, encore et toujours. Jones tient le coup – Ils ne nous ont pas laissé grand-chose, alors autant faire ce qu'on aime, pas vrai ? C'est le mot d'ordre de l'époque, il faut que chacun trouve ce pour quoi il est fait, il faut se réaliser, comme ils disent. On a inventé des slogans. *Do it yourself* – c'est un des cris du punk. Dans quelques années cela deviendra *Just do it*, et ça servira à vendre des chaussures de sport à des gens obligés de se mettre en jogging pour sortir de chez eux sans voiture.

Jones rit. Ses yeux rient en se plissant et sa bouche se tord quand il dit que tout va mal. Candice l'observe. Il l'intrigue. Son tuxedo de concert, élimé aux manches, brille à la lueur des bougies. Elle lui trouve le visage long et pâle, et légèrement creusé de rides peut-être, et elle lui trouve un certain charme. Il sourit à chaque fois que ses yeux la croisent. C'est difficile de lui donner un âge. Ses mains sont fines, nerveuses, on voit des veines qui s'agitent sur leur dos pendant qu'elles jouent avec une cigarette.

Jones raconte son hiver, les plans musique et la dèche, les remplacements à droite à gauche dans des groupes de jeunots qui remettent des claviers dans leur rock à cause de Pink Floyd – Mais ça va, sourit-il à Candice. Il raconte ses mésaventures à Albert qui

114

jure et fulmine, c'est son truc, il est théâtral, Albert.
Comment il s'est fait virer en une heure de son
boulot à la British Petroleum – Un job alimentaire,
lâche-t-il –, et comment depuis les choses ont tourné
vinaigre.

— J'ai porté plainte, mais je me suis trompé
d'adresse, explique-t-il. Apparemment, le bureau qui
m'avait embauché est un bureau fantôme. Il ne sert
qu'à déclarer des salaires pour les soustraire aux bénéfices qui viennent du Brésil ou de je ne sais où, et ne
pas payer d'impôts. Ce n'est même pas une adresse.
Une boîte postale et un cabinet d'avocats. Ma plainte
a attiré l'attention du juge. Je crois que j'ai foutu un
sacré bordel.

Il raconte son histoire de bonne grâce à son copain
Albert, mais ses yeux s'arrêtent de plus en plus souvent sur Candice, ils se croisent, leurs regards se
croisent et leurs yeux s'accrochent, de plus en plus
longuement, et leurs yeux se cherchent aussi et parfois se parlent à tâtons parce qu'ils ne se connaissent
pas – Qu'est-ce qu'ils nous ont laissé ?

— Ils m'ont fait une proposition de réembauche,
avec un gros chèque pour que je retire ma plainte.

Il précise, pour Albert qui s'est penché légèrement
vers lui, le scrute, interrogateur – Un très gros
chèque –, et puis il plante ses yeux dans ceux de Candice – Qu'ils aillent se faire foutre.

— T'es un malade ! lui lance Albert.

Et ils éclatent de rire tous les deux – On n'a que
dalle ! – *Do it yourself.*

— Alors je compose.

Ils parlent encore, de théâtre, de musique, long-temps après, lorsque Cindy et Albert sont repartis, après la deuxième pause, lorsque les sets sont finis pour cette nuit, ils parlent encore, Jones et Candice, sur le sofa défoncé, en face de la photo du gosse de la guerre. Jones rêve d'une musique qui serait comme la vie changeante et imprévisible. Une musique qui n'aurait pas de mouvements connus à l'avance, pas de rythme fixé ni de rupture attendue. Une musique qui ne mentirait pas, où les instruments seraient comme des gens qui se croisent et se rencontrent par hasard, se côtoient sans se voir et se quittent sans se comprendre. Des gens qui vivent et qui meurent, ignorants des autres comme du monde. Il rêve d'une musique qui ne raconterait pas d'histoires. Une musique sans début, sans milieu et sans fin, qui pren-drait la vie en route et comme elle vient, et se laisse-rait guider par les improvisations du destin. Une musique qui raconterait le monde ou un petit bout du monde, les gens comme ils vont et les choses comme elles arrivent – Comme toi.

Et ses yeux baignés de nuit et de fatigue sourient une dernière fois à Candice avant de se pencher vers elle et de l'embrasser. Elle ne sait pas quelle heure il peut bien être. Elle ne sait pas si elle le reverra. Elle ne connaît même pas son nom. Juste le goût de ses baisers, et son rire – Les nuits du Nightingale's sont comme un rêve.

« Suburban Relapse »
Siouxsie and The Banshees

Candice ne reconnaît pas la ville. Aucun Londonien ne reconnaît sa ville en cet hiver 1979. Les poubelles ont commencé à s'accumuler, elles s'empilent au coin des rues, devant les porches des maisons. Les encombrants ne passent plus, si bien que les sacs de gravats se mêlent à ceux des déchets. Des meubles cassés, des matelas aux auréoles suspectes, des éviers en émail, des conduites de chiottes, les débris en tous genres, de bois et de ferraille, viennent finir de s'abîmer, de se détruire lentement sous la pluie glacée. La mairie fait parvenir aux comités de quartier des pulvérisateurs en zinc et des masques en papier. Il faut regrouper les ordures dans les cours, les terrains vagues et les parcs. Il faut sulfater tout ça avant que les rats ne deviennent plus nombreux que les gens. Si ça continue comme ça il risque d'y avoir la rage ou la peste à Londres. Les dépliants expliquent comment se servir du bazar. Il faut arroser le tout, surtout le bas, les franges du tas d'ordures, il faut asperger les bordures du trottoir de poison. Et puis l'odeur masquera celle des poubelles.

Tous les matins, des retraités en bleu de travail font le tour de leur pâté de maisons avec la sulfateuse sur le dos et le masque devant la bouche, ils ont parfois des lunettes de piscine, un bonnet, des gants de cuisine, des bottes en caoutchouc. On dirait un film de science-fiction à petit budget. Candice s'empêche de respirer lorsqu'elle passe près d'eux. Elle tourne la tête dans le creux de son épaule, elle plisse les yeux, et ça pique quand même. Les tas d'ordures sont parfois si hauts, plus grands qu'un homme, c'est difficile d'imaginer qu'on va empêcher les rats de s'en approcher rien qu'en aspergeant ainsi les bordures. Il faut bien montrer qu'on fait quelque chose, il faut bien occuper les gens. Quand elle est à vélo et qu'elle file, qu'elle se met en danseuse, debout sur ses pédales, pas pour accélérer mais pour prendre un peu de hauteur, elle voit bien qu'ils sont toujours là, les rats. Ils ne sortent plus. Ils se marrent bien. Ils restent sur leur montagne d'épluchures, de pizzas et de vieux coussins éventrés, ils font des bonds là-dedans, ils y plongent comme dans une piscine de merde.

Quand ils en repèrent un qui dépasse, les éradicateurs amateurs, avec leur bleu de travail et leurs gants Mapa, ne peuvent s'empêcher de relever la lancette de leur attirail, apparemment c'est instinctif chez l'homme, et de leur décocher au jugé une grande giclée de produit. Selon le sens du vent, la chose se conclut de façon plus ou moins dramatique. Candice en a déjà vu qui abandonnaient sur place gants, masques en papier et bouteilles de zinc, les jetaient aux ordures d'un geste rageur, tout bonnement, au milieu de la montagne d'immondices qu'ils étaient venus désinfecter, après s'être pris un bon nuage de gouttelettes dans la figure. Puis ils hurlaient et dansaient d'un pied sur l'autre en se frottant les yeux.

Il y a tant d'occasions de rire face au spectacle du désordre.

Aux heures de bureau, les grèves sont une malédiction pour les habitants du grand Londres. Après le cauchemar quotidien des trois ou quatre heures aller-retour debout dans un train bondé, l'arrêt total de certaines lignes les condamne à l'auto-stop, à la marche ou au vélo. En centre-ville, les embouteillages deviennent monstrueux. Des centaines de piétons piétinent au milieu d'un fleuve de voitures à l'arrêt, on voit leurs bustes qui dépassent et progressent comme Jésus marchant sur les eaux. Ce devrait être insupportable, mais la situation est si extraordinaire, l'image est si incongrue qu'elle en devient drôle. Les gens parlent entre eux, commentent le froid mordant, le jour qui ne se montre pas avant neuf heures. À pied ils remarquent des choses qu'ils n'avaient jamais vues. Les trous dans la chaussée, l'absence d'éclairage, les trottoirs qui s'arrêtent brutalement, les sans-abri au bord des voies souterraines, sous les ponts et dans les tunnels, avec leurs maisons de carton et de toile de tente, semblables aux réfugiés de quelque désastre. À se retrouver à pied, dans des rues près de chez eux où ils ne sont pourtant jamais allés, voilà qu'ils reconnaissent soudain leurs semblables, qu'ils mesurent le flot inhumain et déprimant des voitures, la saleté des immeubles, les odeurs d'urine, voilà qu'ils se rendent compte de l'univers qui les entoure, en somme, qu'ils contemplent leur propre vie et ses mécanismes quotidiens, l'éloignement absurde du travail, la difficulté même à faire en ville un long trajet à pied sans croiser des voies ferrées, des voies rapides et des voies sans issue, voilà qu'ils ouvrent les yeux sur ce qu'on pourrait appeler leur vie de chien avec un sens de la dérision tout britannique, car cela les fait sourire.

La première fois qu'ils ont appelé au bureau pour dire qu'ils allaient avoir vraiment du mal à venir, ils avaient le ventre serré, l'impression d'avoir de nouveau douze ans et d'être convoqués chez le directeur sans trop savoir pourquoi – C'est pas moi c'est le train –, mais ensuite, tout le monde est arrivé tellement en retard, c'est devenu une espèce de blague et de concours permanent. Même plus besoin d'appeler – même plus besoin de faire semblant d'avoir mal au ventre pour sécher la piscine.

Leur arrivée au travail s'étale sur toute la matinée et personne ne se fait virer pour autant. Le boulot s'effectue au ralenti. Les gens discutent. Ils font des pauses. Tout n'était pas comme on leur avait dit, réglé comme du papier à musique, au contraire : ils s'aperçoivent que lorsque le dérèglement est général, rien ne peut l'arrêter, c'est comme une révolution sans armes. Ils en profitent pour flâner. Ils prennent un café au pub pour se réchauffer avant de rentrer dans l'immeuble – Je dirai que j'ai eu des difficultés avec mon train. Ils partent plus tôt, demandent l'autorisation au chef avec un sourire faussement gêné – Je mets tellement longtemps vous savez en ce moment – Allez-y, allez-y, au point où on en est. Ils organisent des trajets pour passer se prendre mutuellement en voiture, à tour de rôle, en fonction des quartiers d'habitation de chacun. Ils s'invitent à dormir sur un canapé, plus près du travail, surtout les célibataires. Peut-être que dans neuf mois on s'apercevra d'effets inattendus de la grève des transports.

« No Birds »
Public Image Ltd.

« Je ne comprends pas la scène avec Lady Anne, écrit Candice dans son agenda. C'est difficile, ce genre de choses, au théâtre, nom de Dieu c'est dur : il va falloir que le spectateur y croie, alors que moi, je ne comprends pas vraiment comment ça fonctionne.

« Ils se rencontrent par hasard, croit-elle.

« Elle est en deuil. Elle est en train d'accompagner la dépouille du roi Henry VI, son beau-père assassiné par Richard, à la crypte. Il avait déjà tué son mari, Édouard, prince de Galles, pendant la guerre des Roses. Avant même de le rencontrer, la seule chose qu'elle sait de lui, c'est qu'elle le hait. Elle le maudit. Elle l'abhorre. Il ne l'a pas seulement faite veuve, il l'a condamnée à n'être plus rien, comme la vieille Margaret, la sorcière, celle qui hante le palais en proférant des malédictions, la veuve d'Henry, sa belle-mère, la vieille folle. Richard est son ennemi, son malheur et sa ruine.

« Or, voilà qu'elle le rencontre. Il ose se montrer après ça !

« Le cadavre du roi lui-même se remet à saigner.

« Richard en rajoute. Il provoque. Il invective. Il invoque. Le salaud cite les Écritures. Au début j'ai cru qu'il cherchait à se faire détester encore davantage, ou à l'humilier. Elle en reste sans voix, sidérée. Il a osé ! – c'est ce qu'elle semble dire à chacune de ses répliques. Il a osé tuer son mari, puis le roi son père, et il ose se montrer devant elle, il ose se moquer de son deuil.

« "Le roi est au paradis ? Tant mieux pour lui ! Il devrait me remercier", dit-il.

« Et là, il ose ce qui me sidère moi-même : il se met à la draguer. À chaque réplique, elle l'insulte et lui crache dessus. Et lui, il répond invariablement, obstinément, par "mon ange", "ma beauté". Il ose !

« Il ment, effrontément.

« Il dit qu'il n'a pas tué Édouard, le mari. Puis il revient sur son mensonge, il avoue. Il prétend que c'était par jalousie, parce qu'il l'aimait, elle. Et ce nouveau mensonge est censé être sincère puisqu'il a avoué le précédent. Il ose !

« À la fin de sa tirade il lui fait le même coup que Phèdre, avec Hippolyte. Il lui propose de le tuer avec son épée. Il se dépoitraille, pose la lame contre son cœur, qu'elle laisse retomber lourdement parce que c'est une femme. *Take up that sword or take up me.* Elle n'y arrive pas. Elle doute. Elle vacille. Sa volonté tremble. Elle ne sait plus ce qu'elle doit en penser. *I would I knew thy heart.* Et elle abandonne le combat.

Il a gagné. À la fin, elle accepte son anneau. *To take is not to give.* Je prends ton amour, je ne te donne pas le mien.

« Comment il a fait ?

« Shakespeare le sait, que c'est une sorte de défi. On dirait que Richard lui-même le fait par défi. Il partage cela avec le poète, avec le metteur en scène, avec le public : il sait qu'il ment, qu'il trompe, qu'il trahit, alors que les autres personnages sont prisonniers de leurs sentiments de papier. Il commente sa propre action comme si c'était un jeu d'acteur réussi. "Avoir Dieu, sa conscience, et tous ces obstacles contre moi, et quant à moi n'avoir rien d'autre pour soutenir ma cause, que le diable lui-même et des regards trompeurs, et cependant la vaincre, le monde entier contre rien !" *All the world to nothing ! Ha !*

« Richard est un acteur. Je veux dire que son personnage est un personnage d'acteur qui mesure, scène après scène, abusant de la naïveté des autres, jusqu'où il peut jouer avec leurs sentiments. Les autres, ce sont des personnages. Ils désirent tous quelque chose. Mais lui, dans le fond, c'est un chat qui joue avec des souris. Je ne sais même pas s'il veut vraiment le pouvoir. L'ambition, l'amour, le désir de sécurité, la jalousie, toutes ces passions ne sont pour lui que des feintes qu'il agite devant les autres personnages. Pour quoi faire ? Pour être roi ? Il s'en fiche pas mal, je crois, d'être roi. Le pouvoir, ce n'est que le pouvoir qu'on a sur les autres. Non, c'est comme

125

s'il voulait nous montrer comment ça marche. Je vais vous montrer comment on peut manipuler les gens. Mais pas parce que je suis un beau parleur au physique d'acteur, non. Je vais vous montrer comment un type difforme et rejeté par tous peut se les mettre dans la poche et abuser d'eux.

« Comment un type difforme, assassin de son mari et de son beau-père, exécré, honni, va se faire la petite Lady Anne. Comment, à l'aide de quelques compliments convenus, de mensonges, d'un revirement et d'une franchise de nouveau feinte, d'un faux aveu de faiblesse et, surtout, d'une dernière ruse d'abandon total – Tue-moi si tu l'oses –, comment il va venir à bout de toutes les résistances qu'elle lui oppose et des scrupules dont elle se fait un honneur, comme dirait Dom Juan.

« Il gagne parce qu'elle est sidérée. Il va trop loin trop vite, elle n'arrive pas à suivre. Comme lorsqu'on sait que la personne en face de nous ment, et qu'elle-même doit bien se douter qu'on sait, mais qu'elle s'obstine, qu'elle ment en nous regardant dans les yeux – J'étais avec les copains du foot – Tu sens le parfum – J'étais avec les copains du foot. Combien de fois, cette scène ? Même les enfants apprennent à mentir. Ils sont plus ou moins bons acteurs. Combien de fois j'ai dit que j'allais passer la nuit chez ma meilleure copine en sortant du lycée ? Ma mère savait bien que je mentais. Elle me faisait répéter pour tester mes talents de comédienne. Elle me demandait

des détails pour me pousser dans mes retranche-
ments. Elle vérifiait que le mensonge était crédible.
Et s'il l'était, si je mettais suffisamment les formes
pour qu'il soit crédible, si j'y mettais suffisamment
de conviction, de talent, d'opiniâtreté, c'est que
j'attachais du prix à ce mensonge, et je crois qu'elle
respectait ça. Alors elle s'en contentait. Ça devenait
un mensonge vrai entre nous, comme un secret
partagé.

« Et après tout, chaque fois qu'on demande à
l'autre de nous dire "je t'aime" comme si c'était pour
la vie, comme si à vingt ans on savait de quoi l'avenir
sera fait, nous dire "je t'aime" comme si c'était
absolu, comme si notre rencontre n'était pas due au
hasard, comme si on savait même ce que c'est que
l'amour, l'amour pur, chaque fois ne lui demande-
t-on pas de mentir d'une façon qui nous soit douce ?

« Le mensonge, n'est-ce pas la preuve qu'on fait
attention à l'autre, qu'on tient compte de sa sensibi-
lité ? N'est-ce pas la dernière preuve de tact ?

« Ce que Richard demande à Lady Anne, dans le
fond, ce n'est pas de le croire. C'est d'accepter son
mensonge. De le tester jusqu'à ce qu'il paraisse vrai-
semblable, puis de le gober tout cru. »

« Broken English »
Marianne Faithfull

Dans le Nord et dans l'Est, il y a des barrages routiers, des semi-remorques en travers de la route, roues de secours et pneus qui brûlent, des colonnes de fumée âcre et noire montent dans le ciel, et des colonnes de voitures à l'arrêt se poussent en tremblant vers le bas-côté. Ça passe en boucle à la télé, même à Paris ou à Hambourg.

On attend la fumée blanche, comme à la mort d'un pape.

Au début du mois de janvier 1979, le Premier ministre est en voyage d'État. Callaghan perd peut-être là le dernier crédit qu'il avait encore dans l'opinion et auprès de la presse de gauche. Ce n'est pas seulement le fait de voyager.

Il y a tellement de problèmes à résoudre, et pas qu'en Angleterre.

Malgré les résolutions de 1975, les violences raciales en Afrique du Sud continuent de scandaliser la presse et l'opinion. Héritage colonial britannique.

Depuis novembre dernier, le Vietnam du Sud, qui s'était effondré une première fois en 1975, est de nouveau victime de la guerre, cette fois contre la Chine. Des centaines de milliers de Vietnamiens grimpent sur des embarcations légères qui finissent rapidement en radeaux de la Méduse, quand elles ne sont pas simplement coulées par les garde-côtes chinois. L'Australie, l'Indonésie et Hong Kong ne veulent pas en entendre parler, ils les empêchent d'approcher. C'est ce qu'on appelle la « crise des boat people ». Héritage colonial français et blessure narcissique américaine.

De son côté l'URSS progresse dans ce qu'on appelle encore le golfe Persique. La région est cruciale, non seulement parce qu'elle est située exactement entre la Russie soviétique et l'Europe, mais surtout parce qu'elle est entièrement parcourue de pipelines qui approvisionnent avec une belle impartialité les deux camps en pétrole et en gaz. Ils nervurent la région et relient dans leur toile un tas de pays ennemis et agités, qui ne s'entendent que sur leur haine d'Israël. Héritage colonial britannique et problème pour tout le monde.

Elle n'est pas au bout de ses peines, l'URSS, parce que pendant ce temps un coup d'État en Afghanistan ouvre en mai un nouveau front de guerre froide dans lequel elle va bientôt s'enliser comme les Américains le firent au Vietnam dix ans plus tôt. On dit que le Pakistan de Bhutto soutient les djihadistes, qu'on appelle à l'époque des moudjahidin. Héritage colonial britannique.

Et ce n'est rien, comparé à ce qui attend tout le monde en Iran dans moins d'un mois. La révolte gronde depuis les émeutes de novembre. Peu à peu, il est devenu évident que la dynastie Pahlavi touche à sa fin. Ce n'est plus qu'une question de jours avant que le Shah ne soit forcé de fuir. Il est devenu encombrant. Il est devenu insoutenable. Les Occidentaux ne veulent plus le maintenir au pouvoir à bout de bras. De toute façon ils ne le pourront pas. Ce problème-là aussi est un héritage colonial britannique.

On est en pleine guerre froide.

L'Iran borde le golfe Persique et la Russie du Caucase, la Turquie, le Pakistan, l'Afghanistan et l'Irak. Il est au croisement idéal. Il est pile entre le Moyen-Orient et l'Europe, pile entre l'Europe et l'Asie. Il suffit de regarder une carte pour comprendre qu'on était face à un très gros problème.

C'est aussi le berceau de la Perse, ainsi qu'on l'appelait jusqu'au Shah. L'empire des plus grands rois de l'Antiquité, jusqu'à Alexandre. C'est, avec l'Inde, l'une des plus vieilles civilisations continues de l'Histoire. L'homme est présent ici depuis le néolithique. Il commerce, voyage, lève des impôts, soigne ses vieux et construit des villes depuis cinq mille ans. Il écrivait ses légendes sur des tablettes d'argile quand les ancêtres de Candice ou Jones couraient tout nus en grognant dans des bois sombres et froids derrière des sangliers pour leur piquer leur fourrure.

La Perse en colère ne sera pas facile à manœuvrer. Évidemment, une partie de l'opposition et de la révolte est inspirée par Moscou. Il faut absolument éviter ça. La situation économique en Turquie frôle la catastrophe. Si l'Iran devient communiste, le monde est rouge. On est face à un très gros problème.

Les Anglais ont encore là-bas de gros intérêts. La British Petroleum n'est autre que la descendante de l'Anglo-Persian Oil Company qui a abreuvé l'empire, à l'âge d'or de l'or noir. Les États-Unis ont de très bons rapports avec le Shah, dont ils ont déjà sauvé les fesses plusieurs fois. La France abrite dans une petite bourgade de la banlieue parisienne son opposant principal, l'ayatollah Khomeyni. Ils décident de réunir une conférence internationale. À l'époque, il suffisait d'être trois ou quatre pour réunir une conférence internationale, comme pour jouer aux cartes. L'Allemagne, occupée par les trois premiers, fait souvent le quatrième joueur.

C'est la France qui organise le sommet. À la Guadeloupe. Sûrement parce qu'il y fait chaud en janvier. Sur les photos, ils ont tous l'air bronzés et assez contents d'eux.

Carter marmonne en mâchant du chewing-gum.

On va lâcher le Shah. On va le lui dire en rentrant, si vous êtes d'accord – De toute manière on ne peut plus le soutenir – Laissons-lui huit jours. Poignées de main, sourires, photo. Schmidt et Giscard se connaissent et s'apprécient. Callaghan approuve tout, tant qu'on ne lui demande pas de payer – On n'y peut pas grand-chose, mais il faut éviter le pire – Le pire, c'est les communistes ! – Non, le pire, c'est que le pétrole s'arrête de couler – On a là-bas encore quelques leviers avec le pétrole – Nous, on a un religieux qui devrait vous éviter les communistes – Alors on fait comme ça – On fait comme ça. Poignées de main, sourires, photo.

En rentrant à Washington, Carter marmonne en mâchant du chewing-gum.

À Paris, Giscard d'Estaing dit : Je ne veux pas de second choc pétrolier. En France, on a des idées, mais on n'a pas de pétrole !

De retour à Londres, Callaghan est assailli sur le tarmac par une flopée de journalistes qui l'interrogent sur la grève des chauffeurs de poids lourds et, dans un effort de pédagogie mal assumé, il tente d'expliquer qu'il y a d'autres problèmes plus graves, comme ceux que ses amis s'emploient à résoudre au Moyen-Orient. Il dit : Oh, vous savez, vu de loin ce n'est pas si grave, la grève – Tout de même, la crise des poids lourds… – La crise, quelle crise ? Il est bronzé, il sourit. Photo.

Le lendemain, à la une du *Sun*, on titre : *Crisis ? What Crisis ?*

Quatre ans avant, un album de Supertramp portait ce titre. La pochette représentait en couleurs vives un type affalé sur une chaise longue, sirotant un cocktail en maillot de bain sous un parasol, alors qu'autour de lui régnait, en noir et blanc, un chaos indescriptible.

L'Hiver du mécontentement

Ce titre à la une du *Sun*, c'est un peu comme imaginer le Premier ministre en maillot de bain. C'est à ce moment que l'opinion bascule. Que le gouvernement perd brutalement tout son crédit et le Labour toutes ses chances. Car cela tient à peu de chose, le pouvoir.

« Thick as Thieves »
The Jam

Candice est de plus en plus belle.

Ce sont des choses qui arrivent aux jeunes filles, aux garçons aussi, lorsqu'ils n'y font pas attention. Ceux qui s'occupent de leur apparence, ceux qui se croient jolies ou jolis, qui se font des coupes de cheveux à la mode et qui mettent des heures le matin à assortir leur sac et leur foulard, ceux-là ne sont que des imbéciles, des chiens coiffés. Ils singent les vieux, mais les vieux sont obligés de recourir à ces stratagèmes pour gagner un peu de temps sur leur âge. Les jeunes gens qui ne s'en occupent pas du tout sont les plus beaux. Ils ont mieux à faire et plus important. Ils ont le regard concentré, le sourire tranchant, ils parlent de haut. Ils ont un air farouche et dédaigneux. Ils s'habillent n'importe comment, n'enlèvent pas leur chapeau. Ils sont insolents, provocateurs, ambitieux. Et de plus en plus beaux.

Les yeux gris, les cheveux emmêlés par la nuit, Candice se sert en bière dans le frigo du studio de danse, au sous-sol de l'école, elle en rapporte aux copains. Elle glisse entre les groupes sans faire de bruit, pieds nus – c'est la règle au studio, elle a passé sur son short de cycliste un jogging trop grand qu'elle est obligée de rouler sur les hanches et un débardeur qui laisse voir son cou, ses épaules et, lorsqu'elle bouge, son flanc découpé dans le coton, l'ombre délicate de ses côtes, la naissance de ses seins ronds.

Elle esquisse un pas de danse et chante entre ses dents, comme en sifflant, des paroles qui lui viennent en tête sans qu'elle y pense, *O bloody Richard ! Miserable England, I prophesy the fearful'st time to thee, that ever wretched age hath looked upon.* C'est le moment terrible où Hastings va prononcer lui-même sa propre condamnation. À toi, malheureuse Angleterre, je prédis les temps les plus terrifiants qu'aucune époque, si misérable soit-elle, ait jamais contemplés.

Contournant les groupes assis en rond, sautillant d'un pied sur l'autre, elle se voûte légèrement et adopte, sans même y penser, la démarche contrefaite de Richard. Celle qu'elle essaie de mettre en place avec Nancy et les filles de la troupe, en ce moment. Une épaule plus haute que l'autre, un bras ramené contre elle, le pas de danse qui se fait claudication sautillante. Le roi sait qu'il n'est aussi qu'un bouffon. Il a compris le jeu du pouvoir. Elle retourne s'asseoir en riant. Avec sa chevelure rousse, on dirait un renard qui vient s'installer dans un poulailler en faisant des clins d'œil aux poules – Ne vous dérangez pas, les filles, je ne fais que passer, il faut que je rentre chez moi – Toujours ton Richard III, Candice ? Tu couches avec lui ? – Plus qu'avec toi, en tout cas, mon poussin, tu serais jaloux ?

Candice est de plus en plus belle. Ses cheveux sont en feu. Ses yeux, des cendres qui couvent. Candice est la plus belle. Tout le monde connaît son prénom. À l'école de théâtre le soir, elle participe au mouvement, on la regarde, on l'écoute, on lui sourit.

Ce n'est pas la même chanson au boulot, avec sa bande de hooligans. Ils se sont bien foutus d'elle, à City Wheelz, lorsque Candice a proposé qu'ils fassent la grève, « parce que, okay on n'est pas des poids lourds, mais après tout on est dans le transport, nous aussi ». Ils ne lui ont même pas dit qu'ils avaient besoin de ce job pour payer le loyer, ce qui était pourtant vrai, ni qu'il fallait soutenir le gouvernement travailliste, cela ils n'en avaient vraiment rien à foutre du tout, ils n'avaient sans doute même pas voté, non, ils se sont simplement bien marrés à l'idée qu'ils puissent faire de la politique, à l'idée que Candice elle-même puisse faire de la politique, ils ont éclaté de rire, ils l'ont chambrée pendant plusieurs jours après ça – Tu ne veux pas qu'on écrive à la reine ? – ce genre de choses. Ils se sont mis à l'appeler *Candice the Red*, « la Rouge », mais en anglais c'est plus ambigu parce que *red*, ça veut dire « rousse » aussi.

Candice avait pris l'habitude, lorsqu'ils l'appelaient comme ça, de rectifier en répondant simplement : Je suis pas rousse, ambrée – Comme la bière, vous devriez vous en souvenir. Elle haussait les épaules – Bande de crétins, vous êtes comme des moutons, on pourrait vous tondre la laine sur le dos sans que vous vous en rendiez compte. Les gars rigolaient. Ils disaient : S'il finit par y avoir une pénurie de bière au pub, parce qu'on ne livre plus les citernes, on te tiendra pour responsable, Candice la Rouge. Ils n'en ont rien à foutre, de la politique. Tant qu'Arsenal gagne ses matchs et que le stade ne ferme pas, après tout, le reste de l'Angleterre peut bien s'enfoncer dans la grève générale.

Ils ont quand même fait quelque chose pour elle. Candice est la seule fille de l'équipe – Si ça t'amuse, la Rouge – La Rousse – Candice – Si ça peut te faire plaisir.

Candice est de plus en plus belle. Même eux, ils ont dû le remarquer.

Ils ont accepté de distribuer des tracts pour elle. Enfin, distribuer, c'est beaucoup dire. Cindy fournit à Candice, le soir à l'école de théâtre, des affichettes de la taille d'une carte postale, par paquets de cinq cents. C'est son copain qui les lui donne. Ils sortent tout droit des ateliers de sérigraphie de la School House. Il y a un peu de tout dans le lot, des mots d'ordre de manifestations, des appels à la grève, des concerts de dub à Brixton et d'autres, organisés par Rock Against Racism, en soutien à des comités d'étudiants ou de squatters, au Roundhouse ou au Screen on the Green, il y a un peu de tout – mais tout était politique à l'époque. Candice fait des petits paquets d'une vingtaine de tracts. Elle en donne trois ou quatre à chaque coursier. Ils font ça au vestiaire parce que le patron, Ned, n'est pas au courant. Malgré ses cheveux mi-longs, Ned apprécierait assez peu de savoir que son entreprise sert à faire de la propagande gauchiste.

Le truc consiste à accrocher un paquet de cartes à la bretelle du sac de messager, à l'aide d'une pince à dessin. À un moment où il est en pleine vitesse, et si possible devant des passants, le coursier n'a besoin que d'un geste bref pour ouvrir la pince et que tous les *flyers*, conformément à leur nom, s'envolent dans la rue comme un lâcher de pigeons. Même pas besoin de les semer soi-même ou d'agiter le bras. C'est comme s'ils apparaissaient soudain dans le ciel gris d'une rue ordinaire, sortis de nulle part, tourbillonnant au-dessus des voitures par magie.

À chaque arrêt client, on prend un nouveau paquet au fond du sac, qu'on coince sur la bretelle avec la pince. C'est simple, et ça ne manque pas de panache. Quand il y a une bonne conjonction de vent et de vitesse, les tracts s'envolent et prennent de la hauteur dans le sillage du vélo, se dispersent et retombent en planant doucement sur toute la largeur de la rue. Le nez en l'air, les piétons s'immobilisent et regardent tomber cette drôle de neige, ils la regardent miroiter comme des papillons au milieu des embouteillages. Le temps qu'ils comprennent d'où vient cette tempête de mots et d'images en noir et blanc, le coursier est déjà loin, souvent il a disparu au coin d'une rue ou derrière un autobus.

Ça ne fait pas la une des journaux, ces explosions spontanées de tracts dans les rues de Londres, mais ça les fait tous bien marrer, ça ressemble à un jeu. Ils disent à Candice : On est trop rapides – Si tu avais vu comme ça s'est envolé ce matin – Les gens regardent en l'air, ils pensent que c'est tombé du ciel – Comme si on avait des ailes dans le dos – On est comme une bande de héros masqués – Tu vois, finalement on y participe à ta grève.

Tout est politique.

C'est sans doute discutable, parce que les comités de squatters et les associations étudiantes qui organisent des concerts de musique punk ou reggae ne sont pas toujours très clairs avec ce qu'ils réclameraient vraiment au gouvernement si on leur proposait de siéger au Parlement. Mais c'est l'époque qui veut ça. C'est une époque bizarre où même les syndicats courent après leurs troupes dans les cortèges. La vieille gauche travailliste au pouvoir semble complètement déconnectée, c'en est devenu une blague – La crise, quelle crise ? Les gens répètent ça toute la journée avec d'infinies variations – La pluie, quelle pluie ? – Les embouteillages, quels embouteillages ? – La gauche, quelle gauche ?

Candice est parfois sceptique, mais elle revient tous les soirs à l'école de théâtre, tant que dure le squat. Cindy et les autres filles sont à fond dans le mouvement, surtout Cindy à cause de son copain.

Tout va trop vite – c'est ce que disent les journaux. Tout va trop vite et sans doute droit dans le mur, mais tant pis – *No future*, après tout c'est ce qui leur plaît, à tous ces jeunes qui ne sont pas spécialement embrigadés, un joyeux mélange d'étudiants, de musiciens, d'anarchistes et de petits plaisantins, tout va trop vite et s'accélère et ce n'est que le début.

Ils se réunissent, ils discutent, ne sont d'accord sur rien, sinon qu'il faut tout changer. Ils disent qu'on a besoin de mouvement, que la société s'est arrêtée de se transformer il y a longtemps. Ils disent : Regarde les partis, le Labour est mort – De toute façon il n'y a plus de travail. Trop de chômage a tué la gauche. Et c'est exactement ce qui se passe. Pourtant, ce ne sont pas eux qui vont en profiter.

Eux, c'est un mouvement. Ils sont désordonnés comme une tempête. Ils sont le souffle froid, la morsure de l'hiver.

Ils ne survivraient pas au soleil du pouvoir, à son *glorieux été*.

Dans la rue, on voit fleurir des affiches de campagne pour la droite. Il n'y a pas encore d'élections prévues. C'est une campagne de propagande, une simple campagne de publicité. Puisque la gauche est morte, il faut bien qu'un autre parti en profite. C'est une campagne très agressive, très drôle aussi. On raconte qu'ils ont fait appel à un cabinet de communication, en ville – on dit une agence. Sur les affiches,

on voit, sur fond blanc, une très longue file de chômeurs qui serpente jusqu'à la porte d'un bureau
d'aide pour l'emploi. Les gens dans la file sont de
tous les âges et de tous les styles. Il y en a suffisamment pour que tout le monde se reconnaisse. Au-
dessus, en énorme, on peut lire : *Labour isn't working.*
C'est un jeu de mots typiquement anglais. Cela
signifie à la fois « le travail ne fonctionne pas » et « le
Parti travailliste ne travaille pas », et le jeu de mots,
intelligemment, invite à établir un lien entre les
deux. Il n'y a même pas besoin de préciser qui fait
campagne. Les gens regardent l'affiche qui s'étale en
grand format sur les murs de la ville, les palissades
des terrains vagues, les façades sans fenêtres, et ils
sourient. Ils approuvent, même les gens de gauche,
on en est là, même les jeunes, parce que c'est drôle,
parce que c'est punk de prendre les choses avec dérision. Des files de chômeurs sur les murs – *No future !*

« Whip in My Valise »
Adam and The Ants

« J'ai revu Margaret Thatcher ce matin.

« Je ne sais pas si je dirais qu'elle a de la classe, je crois qu'elle n'en a pas. Je crois que c'est même précisément pour cela qu'elle a demandé à "sir Laurence" de lui arranger le coup avec un des professeurs de diction de la Royal Shakespeare Company. On ne peut rien lui refuser, à lui, c'est le meilleur acteur anglais de tous les temps. Il a dirigé le Vic, et il dirige à présent le National Theater. Laurence Olivier, qu'on appelle "sir Laurence" à présent, puisqu'il a été anobli par la reine. Tu parles d'une affaire. On dit que l'homme est malade, et drôlement. "Sir Laurence"... Il y a deux catégories de personnes qui l'appellent ainsi, au lieu de l'appeler Laurence Olivier, comme tout le monde. Il y a ceux qui en sont aussi. Comme les aristos qui tournent autour de Richard et qui le méprisent royalement au début de la pièce. Ceux-là sont à cheval sur les titres. Ils ont raison. Si tu veux que les gens y croient, commence par y croire toi-même. Et puis il y a les culs-terreux. J'hallucine.

Nancy et sa "Royal", comme si c'était l'Air Force. Sir Laurence par-ci, sir Laurence par-là – Il paraît que c'est sir Laurence qui a ouvert les portes de la Royal à Thatcher. Quand elle dit ça, Nancy, qui ne sera jamais ni de la Royal ni de la haute, a l'impression de s'élever, de participer elle aussi à tout ce cirque.

« Oh, je ne lui en veux pas d'ailleurs, à Nancy. Ça fait cet effet-là à tout le monde. On voudrait tellement croire que les gens qui réussissent ont quelque chose de spécial, quelque chose qui se diffuserait un peu autour d'eux, dans l'air qu'ils respirent, et qu'on aurait peut-être, à force de leur tourner autour, la chance d'en ramasser des miettes, comme Peter Pan de la poussière d'étoile, dans le sillage de la Fée Clochette. C'est humain, de croire à la fois dans la justice et dans les contes de fées, de croire à la fois que les grands sont à leur place et que tout peut arriver aux humbles qui les fréquentent. Et du reste, à notre échelle, ce n'est pas faux. Je la comprends, Nancy, elle a raison. Si par hasard "sir Laurence" venait assister à une de nos répétitions, s'il discutait avec elle par pure courtoisie ou par curiosité et que, pour une raison inexpliquée, Nancy soudain le faisait rire, par exemple avec une de ces blagues sur les grèves que doivent apprécier les gens de droite, dans son milieu d'aristos et d'acteurs célèbres et pleins aux as, une blague comme celle sur le syndicat des cheminots, le *National Union of Railwaymen* – Que veut dire NUR ? – *No Use Rushing*, pas besoin de se presser – Hahaha, tous des fainéants, bon, mettons qu'il rigole, et qu'il s'en souvienne un peu plus tard, qu'il dise, lors d'un dîner en ville le soir même, où seront certainement présents des éditorialistes et des gens importants, qu'il dise : Tiens, j'ai vu ces filles ce matin, les Shakespearettes, elles donneront bientôt au Warehouse un *Richard III* dont on entendra sûrement parler, c'est moi qui vous le dis. Bingo ! D'une pichenette, un type comme lui peut changer le destin de filles comme nous.

« Et je ne parle même pas d'argent. Il y a à Londres des types qui sont capables de perdre à la Bourse ou au casino ou dans la production d'un film des sommes que je ne pourrais pas gagner en plusieurs vies. Ces gens-là pourraient te rendre riche sans même le sentir passer. Ils se trimballent dans des bagnoles qui valent un appartement, alors que toi, tu n'arrives pas à payer le loyer. Mais c'est normal, ils possèdent des quartiers entiers. Des quartiers entiers de Londres ! Ils possèdent le terrain depuis le XVIIe siècle. Ils doivent être moins d'une vingtaine, tous plus ou moins cousins de la reine. C'est indécent. Un jour, si ça continue, ils achèteront carrément des avions pour se déplacer. C'est immoral. Ils achèteront des pays, ils achèteront des gens.

« On nous fait croire qu'il n'y a pas de moralité là-dedans. Que l'argent est au-delà du bien et du mal, que seuls les moyens de l'acquérir peuvent être douteux. Comme le pouvoir. Comme Richard, disqualifié par ses méthodes, tyran accusé de ruse, de perfidie, de crime, de séduction, mais pas de tyrannie.

« S'il y a des tyrans, c'est qu'il y a des souverains légitimes.

« S'il y a de l'argent sale, c'est qu'il y a de l'argent propre.

« Allez-y, les gars, continuez à vous gaver.

« Elle l'a bien compris, la Margaret Thatcher, avec son prof de diction de la Royal, à gommer son accent pointu de fille d'épicier. Ce matin, elle est venue nous regarder jouer pendant quelques minutes. Elle est restée là, toute droite, dans l'allée de l'orchestre, à tenir devant elle son petit sac à main et sa paire de gants. Son secrétaire était posté dans l'encadrement de la porte, incrédule, se balançant d'un pied sur l'autre sans savoir ce qu'il devait faire de cette nouvelle envie : elle n'était pas censée entrer.

« Elle s'est approchée à petits pas, discrètement mais sans chercher à se cacher. Il n'y a que Nancy qui ne l'a pas vue s'approcher : elle tournait le dos à la salle et nous regardait. On n'a pas vu tout de suite qui c'était, mais lorsqu'on a compris, on a cessé, les unes après les autres, de dire notre texte, ça s'est suspendu comme ça, à une moitié de réplique, en l'air, jusqu'à ce que Nancy se retourne à son tour et pousse une exclamation de surprise en la trouvant déjà arrivée presque à sa hauteur, à quelques pas seulement de la scène.

« Elle s'est renseignée un peu. Elle a dit qui elle était. Peut-être que c'était pour être polie, elles ont

146

parlé de *Richard III* quelques instants. Elle a redit qu'elle trouvait intéressant de faire jouer le rôle par une femme, que dans ce pays, grâce à la reine, on pouvait imaginer ce genre de chose, et ça m'a semblé bizarre qu'on justifie ainsi le moderne par l'ancien, l'audace par la tradition, mais c'est sans doute sa manière de penser, à elle. Elle a ajouté que peut-être elle aussi, dans ce monde d'hommes qu'est la politique, peut-être plus tôt qu'on ne pense, et puis elle n'a pas achevé sa phrase. Elle a dit : Mais Richard est un personnage détestable. Elle m'a demandé ce que j'en pensais, si ce n'était pas difficile à jouer à cause de cela.

« J'ai bredouillé, j'ai recraché des préjugés sur le pouvoir, des trucs sans intérêt. J'ai voulu la chercher, la provoquer. Je lui ai demandé : Et vous, pourquoi voulez-vous le pouvoir ? Vous n'êtes pas le bon Samaritain ?

« Elle m'a regardée d'une façon, comme si elle pouvait me déchirer, comme une simple feuille de papier, hop, à la poubelle. Il y avait un mépris profond dans le regard de Margaret Thatcher. Une colère contre tout ce qu'elle avait définitivement laissé derrière elle pour réussir. Une haine. Une haine farouche et totale pour tout ce qui pouvait ressembler à de la faiblesse. C'est la haine des forts. J'ai vu passer dans son œil cette haine-là. Sous sa mise en plis et son nez pointu, ses lèvres minces ont fini par sourire. Ses yeux sont restés froids. Elle a dit, et je l'écris pour m'en souvenir, elle a souri finement et je jure qu'elle a dit ça :

« *Personne ne se souviendrait du bon Samaritain s'il n'avait eu que des bonnes intentions. Il avait de l'argent, aussi.*

« Après, elle a tourné les talons. »

« Never Trust a Man
(With Eggs on His Face) »
Adam and The Ants

Il y a des calculs et des manigances dans les couloirs des palais. Des accords, des trahisons. Rien n'a changé. Pour gouverner en démocratie, il faut constituer des alliances entre partis, comme si c'étaient des clans, de grandes familles capables de lever des impôts, de réunir des armées. Si tu m'aides à gagner cette guerre, je te donnerai une province. Dans la débandade de l'hiver 1979, le Parti libéral a lâché les travaillistes.

Les libéraux n'étaient restés dans l'accord que pour faire front contre un ennemi conservateur commun, mais ils n'approuvent plus l'entêtement du gouvernement Callaghan. C'est ce que titrent les journaux, l'entêtement. Ils auraient pu dire l'opiniâtreté, le courage, mais les poubelles à Londres s'accumulent dans les squares et sur les petites placettes aux grilles désormais fermées, devant les carrés d'immeubles. À Liverpool, les pompes funèbres sont entrées en grève. Des cercueils vides, en guise de barricades, devant les portes closes. Des morts en attente dans les chambres froides. Des cercueils dans la rue. C'est cela qui choque, à la une du *Sun*, des cercueils dans la rue empilés de traviole, comme une profanation. Lorsqu'on voit l'image, on ne comprend pas tout de suite qu'il peut s'agir d'une grève. La première chose qui vient à l'esprit, c'est : Où sont les corps ? Et puis : Que s'est-il passé ? Qu'est-ce qui a fait autant de morts ? Des cercueils dans la rue. On pense à la guerre. Il y avait des provisions de cercueils devant les pompes funèbres pendant les bombardements de Londres. À la une du *Sun*, l'image semble dire : le pays est en guerre.

Callaghan s'en fout, des libéraux, mais il a besoin de quelques voix au Parlement, sinon il ne résistera plus aux motions de censure lancées régulièrement par les conservateurs. Il trouve un accord avec les Écossais et les Gallois, échange la tenue d'un référendum sur la dévolution des pouvoirs aux parlements régionaux contre un soutien dans sa guerre de tranchées contre Thatcher et les tories. Et au début, ça tient. Il ne les gagne que de dix ou onze voix, ses premières motions, au début de l'hiver et de ce foutu mouvement de grève, de justesse et à chaque fois ça baisse, mais ça tient.

Il s'entête.

En face de lui, lors des commissions des finances, la Première ministre du *shadow cabinet* le regarde droit dans les yeux, elle le transperce avec ses yeux bleus d'iceberg jusqu'à ce qu'il baisse le regard. Elle ne dit rien. Elle se tient droite et elle sourit finement, elle ironise, le nez relevé, le brushing bien en place. Elle remet du rouge à lèvres avant de prendre la parole. Elle balance ses petites phrases assassines quand elle est sûre que tout le monde écoute, surtout les journalistes.

Elle le laisse faire de grands discours sur l'inflation, sur la phase IV du plan de lutte contre l'inflation. Il parle de l'échec de la politique monétariste, de la nécessité du contrôle des salaires qui sont le corollaire des prix. La plupart des gens ne comprennent rien à l'économie. Elle le laisse dire. Elle sourit finement. Puis elle met son rouge à lèvres, devant tout le monde, et elle déclare, face caméra : *En politique, si vous voulez que les choses soient dites, demandez à un homme ; mais si vous voulez que les choses soient faites, alors demandez à une femme.*

Et la moitié de l'Angleterre rigole.

Le vote sur la dévolution du pouvoir en Écosse doit avoir lieu le 1ᵉʳ mars. Il sera un succès. Oui. Les Écossais vont voter « oui », en majorité.

Mais tout le monde a oublié que le même gouvernement avait fait voter par le Parlement, quelques mois plus tôt, un garde-fou qui va leur revenir en pleine figure. Il stipule qu'il faudrait une majorité qualifiée de 40 % des inscrits pour que le vote, même majoritaire, soit pris en compte. À l'époque on ne voulait pas vraiment de cette loi. À l'époque on n'avait pas cruellement besoin des voix des Écossais au Parlement.

Les Écossais vont voter « oui ». Ceux qui vont se déplacer, mais ça ne va pas suffire. Ils ne représentent pas 40 % des inscrits. Le oui va l'emporter, et cependant il n'y aura pas de dévolution. Une campagne engloutie. Le sentiment de trahison. Le Labour est lâché par tout le monde. Callaghan, décidément, n'a pas les moyens de tenir sa parole. Il n'a pas les moyens de faire ce qu'il dit.

Ça y est, elle va pouvoir réclamer une nouvelle motion.

Elle a des chances de l'abattre, cette fois – Il a un genou à terre – Ses alliés se sont enfuis – *Mon royaume pour un cheval !* – C'est le moment, Callaghan. Mais personne ne répond.

Plus de promesses, plus d'alliances. Plus de calculs, plus de manigances.

Elle arrange sa coiffure d'une main, vérifie sa tenue, plisse les yeux, relève le menton, remet du rouge à ses lèvres.

Elle sourit.

« She's Lost Control »
Joy Division

Lorsqu'elle enlève son sweat-shirt ou son pantalon de jogging, Candice a sur les bras et les jambes de drôles de zébrures roses qui suivent plus ou moins le tracé de ses veines et les plis du vêtement. C'est le froid. Il trace sur son corps des marques, des rayures sèches et très légèrement en relief semblables à des brûlures. Comme elle ne se déplace plus qu'à vélo, et pas seulement pour le boulot mais aussi pour se rendre au théâtre ou à l'école, et pour rentrer chez elle, il n'y a plus moyen de s'en débarrasser. C'est devenu comme une espèce d'allergie, comme des irritations qu'elle aurait grattées, à force, et qui se seraient transformées en plaies superficielles, mais douloureuses. Le pire, c'est les frottements du soutien-gorge, de l'armature sous la poitrine et de la bande de tissu trop serrée sous les bras. Les élastiques de la culotte lui scient les tendons de l'aine. Elle se met sous le pommeau de la douche. Elle baisse la tête, elle ferme les yeux. Elle grimace parce que la chaleur, au début, ça n'apaise pas du tout, au contraire, ça réveille et ça brûle toutes ces zones où la peau est comme plus fragile, plus mince, toutes ces saloperies de lignes rouges comme des petits coups de fouet, veines éclatées, qui piquent comme si elles étaient à vif. Elle attend en serrant les dents parce qu'elle sait qu'au bout d'un moment la chaleur l'enveloppe. Cela se diffuse dans tout son corps. Comme si ça fondait, la douleur. Cela se dissipe peu à peu. Ne demeure que la chaleur. La vapeur d'eau qui remplit la pièce, la salle de bains minuscule, tel un sauna bientôt irrespirable. Elle reste là, sous la douche brûlante, la tête baissée, les yeux fermés, jusqu'à ce qu'elle ne sente plus ses bras, ses jambes, ni douleur ni rien, ni les courbatures dans la nuque, ni le trait sous les seins ou à la naissance des cuisses, ni la plante des pieds ni les doigts qui piquent, jusqu'à ce qu'il n'y ait plus que la chaleur.

Elle a peut-être perdu quelques kilos depuis qu'elle fait ce job, Candice. Depuis qu'elle se lève aux aurores pour se rendre aux répétitions. Depuis qu'elle passe une partie de ses nuits à l'école de théâtre, à comploter la chute du capitalisme. Cela la vieillit un tout petit peu. Elle a les joues creuses comme les actrices d'après-guerre, on dirait que sa bouche a grandi. Elle a les yeux caves et ses paupières rondes sont soulignées d'une ombre bleue. Elle a des muscles qui se dessinent sur ses jambes lorsqu'elle bouge. Des lignes franches, de silhouette à la plume, des creux marqués, des angles aux articulations, et puis des courbes saillantes, pleins et déliés, des rondeurs, ses seins, ses fesses, ses genoux, ses épaules, des ombres comme des coupures, dans la toile de la peau, Candice. Ce ne sont pas des rides, à son âge, mais avec la fatigue sont arrivées de petites nervures dans la trame. Des craquelures, comme à la cuisson d'un émail ou comme sous la surface des feuilles, comme la fleur de physalis qui devient translucide en séchant, de très légers et imperceptibles craquements de givre à la surface de l'hiver.

Elle ne sait pas trop si elle l'aime, son corps, mais elle vit plutôt bien avec. Ses seins, trop petits, mais bien ronds quand même, jolis, enfin elle pense qu'on peut les trouver jolis, ça va, et son ventre qui s'est aplati, c'est sûr, mais qui est resté un peu mou malgré tout, ça se voit parce qu'il fait des plis quand elle se penche, sans doute tous les ventres font des plis quand ils se creusent et se penchent, ça va, et ses jambes, elles rougissent sous l'eau chaude, les cuisses, mais il n'y a plus les marques bizarres, les zébrures du froid, ça va, elle a peut-être les hanches un peu larges, ce n'est pas comme ça qu'elle le dit d'ailleurs, elle a toujours trouvé qu'elle avait un gros cul, il ne faut pas exagérer, c'est comme ça, elle a des fesses, et sans doute elle a les hanches un peu larges qui lui font un torse fin qui s'allonge, comme si les jambes commençaient un peu bas, ça donne cette impression les hanches larges, mais ça lui fait une taille de guêpe, c'est sa mère qui dit ça, une taille toute fine avec son ventre un peu mou mais très plat, ses petits seins ronds, au-dessus, ça va tout ça, ça va.

Elle repense à sa journée et elle repousse la colère, elle la maintient à distance, elle la garde pour plus tard. Elle voudrait d'abord se souvenir de ce qui s'est passé.

Pamela lui sourit lorsqu'elle ouvre la porte de l'agence à la volée – Salut les gonzesses ! Comme tous les matins. Les gars se retournent, la saluent, lui renvoient son sourire d'un signe de tête. Peut-être un peu moins bruyants et un peu moins souriants que tous les matins. Puis dans le vestiaire – Je peux te parler ? Je suis bien emmerdé, Candice, ce n'est pas ma faute, c'est Ned, il m'a fait venir, il m'a convoqué hier, je sais pas comment il a su pour les tracts.

— Je pourrai te voir après ta tournée, Candice ?

Il avait juste passé la tête par la porte entrebâillée, et tout le monde avait regardé ses chaussures. Il n'avait même pas attendu la réponse. Candice était restée comme en suspens. À se demander ce qui pouvait bien lui arriver. Si c'était pour se prendre une engueulade, un savon, ou si on pouvait même se faire virer pour ça – Je suis vraiment désolé, Candice – Tu y es pour rien. On verra bien. Avec les grèves, il y avait du boulot à la pelle, et avec l'hiver, les candidats ne couraient pas les rues pour le faire – T'inquiète pas, c'est pas de ta faute.

Ce n'était pas le moment de se faire virer.

Comment ça s'était passé ? Elle ferme les yeux sous la douche brûlante. Serre les mâchoires. Serre les poings. Il n'avait pas attendu la fin de la journée. Elle était repassée, avant les derniers plis des derniers clients, se réchauffer un peu, boire un thé, changer de blouson, elle était trempée.

Pamela lui avait proposé de rentrer avec elle – J'ai fini, mais tu veux que je t'attende ? – Je fais juste une pause, il est là ? Pam avait montré la porte de son bureau d'un geste du menton, puis elle avait terminé de ranger ses affaires, était partie – À demain, ma belle.

Lorsque Candice est entrée dans le bureau, d'abord, elle a cru que tout se passerait bien. Il s'est levé, il lui a même proposé de boire quelque chose. Il a gardé son sourire en commençant à lui parler des tracts. C'est un homme un peu mou, Ned, et il sourit tout le temps, mais ça ne veut rien dire. Il l'a touchée, il lui a pris le bras. Ça ne lui plaît pas, à Candice, ce genre de truc mais elle n'a rien dit sur le moment, elle n'a pas retiré son bras violemment, elle n'a pas remis Ned à sa place, parce que, peut-être, elle se sentait en faute avec cette histoire de tracts. Lui, il insistait bien, avec son sourire de bâtard, il lui charcutait bien la culpabilité, ça se voyait que ça l'amusait de faire durer la comédie.

Elle réprime un frisson et ferme les yeux sous l'eau brûlante.

Et nos clients par-ci, le standing de la société par-là, la réputation – Ma réputation personnelle, vous comprenez, parce que la plupart de nos clients je les connais personnellement – et des banques par-ci, des avocats par-là – Et en public en plus, devant tout le monde – et puis la question de son autorité – Parce que, vous comprenez, vos collègues, ils ont tous agi dans mon dos, du coup, et ça, je ne peux pas le permettre car c'est mon autorité qui est en jeu. Et pendant tout le sermon, le ton montait lentement, elle le laissait parler tout seul, et lui s'énervait peu à peu, il la touchait, une petite tape sur l'épaule – Vous comprenez, ça ne peut pas se passer comme ça –, il la prenait par le bras – Je vais vous montrer le fichier des clients. Il devenait de plus en plus hystérique – Je devrais vous virer, Candice, je pourrais le faire, vous savez. Il se mettait à parler fort, à dire des choses blessantes – Qu'est-ce que vous avez dans la tête, ma pauvre fille ? C'est vos nichons, là, ils vous empêchent de réfléchir ? Et en disant cela il lui collait une petite claque sur les fesses, et elle se souvient, Candice, elle ferme les yeux et se tasse un peu plus sous sa douche, elle se souvient que c'est à cet instant-là que les choses ont commencé à devenir vraiment bizarres, mais sur le moment elle n'a rien dit, ni à la claque sur les fesses, ni quand il lui a pris le menton entre deux doigts pour lui faire la leçon – C'est vraiment pas malin ce que vous avez fait, je devrais vous sanctionner pour ça, vous savez. Il était de plus en plus proche. Il parlait de plus en plus près de son visage. Il avait ses deux mains sur elle à présent, sur ses bras, comme s'il allait la secouer. Elle pouvait sentir son haleine à la clope.

Elle ne comprenait pas. C'était en train de merder, mais elle ne comprenait pas ce qui se passait. Elle se laisse glisser sous la douche, s'assoit dans le bac en émail, les bras autour du corps, comme si elle avait froid encore, dans l'eau brûlante. Elle se souvient qu'elle était tétanisée.

Parce qu'il avait l'air fou.

Parce qu'elle n'avait jamais pensé que ça pouvait arriver ici, au travail, de tomber sur un fou, comme dans la rue.

Parce qu'il devait bien peser trente kilos de plus qu'elle.

Il l'a coincée contre le mur. Il tenait ses bras fermement, si bien que c'était impossible de se dégager. Il l'a plaquée contre le mur. Il l'a embrassée dans le cou, elle a juste eu le temps de tourner la tête alors il n'a eu que son cou, à souffler comme un bœuf dans son oreille en lui disant – Je vais te sauter, je vais te faire jouir, petite salope, je vais t'apprendre, je vais te casser les pattes. Elle, toute raide. Tétanisée. Se disant : C'est pas vrai, c'est en train de m'arriver. Il passe la main sous son tee-shirt, l'arrache à moitié, il la pelote comme si ça devait faire mal. Et elle, incapable de réagir. Candice, la même qui se ratatine sous la douche. La peur paralyse, putain, la peur empêche d'agir au moment où on en aurait besoin. Elle tente quand même de le repousser avec sa main libre, elle commence à crier aussi et il y a un instant d'hésitation dans le regard de Ned. Elle en profite pour se dégager.

Il a retrouvé son sourire – Bon, tu veux pas, tu veux pas, on va pas se fâcher. Il essaie de la toucher encore une fois. Le col de son tee-shirt est tellement distendu qu'on voit ses seins. Elle recule vers la porte. Si elle l'insulte là, maintenant, il va de nouveau entrer en furie, mais elle n'a plus peur, c'est son tour – Sale connard – Allons, on passe à autre chose, d'accord ? – Va te faire foutre – Je passe l'éponge, Candice, mais plus de blague, hein ? – Je me casse – Tu es superjolie, tu sais – Va te faire foutre.

Elle attend d'arrêter de pleurer pour sortir de la douche.

Même si ça ne se voit pas dans l'eau brûlante et qu'il n'y a personne chez elle.

Elle traîne un peu avec sa serviette autour des hanches. Elle met la musique à fond. Elle s'ouvre une bière. Monte le son.

Par terre il y a ses fringues, ses fringues de vélo. Son blouson de City Wheelz, avec le foutu couillon hippie, ses cheveux longs et ses ailes dans le dos, qui pédale dans les nuages. Son sac de messager. Il faudra rapporter tout ça. Peut-être pas demain, mais il faudra bien, à Pamela. Elle aurait mieux fait de tout laisser là-bas, mais elle est partie sans penser à ça. D'abord une bière, le reste on verra. Elle passe un tee-shirt propre, une culotte. Le froid de la nuit la gifle lorsqu'elle relève la guillotine de la fenêtre. Derrière elle, Ian Curtis se met à scander sa chanson pour la cour de l'immeuble, de sa voix sombre et qui résonne comme un million de canettes qu'on aurait soudain balancées dans les escaliers de secours.

Par réflexe elle ramasse les affaires, les rassemble en boule à côté du sofa, dans le coin. Elle ouvre le sac de messager – Et merde.

Il y a une lettre dedans. C'était la dernière de la journée. Un genre de pli recommandé à remettre contre signature. C'est une adresse dans Soho. Un certain John Jones.

« Look Back in Anger »
David Bowie

« Alors c'est cela, le pouvoir ?

« C'est toujours comme de maltraiter un gosse ?

« Méchante fille. Je vais te montrer qui est le plus fort. Regarde-moi quand je te parle, baisse les yeux quand je t'engueule.

« On ne devrait jamais nous engueuler pour nos erreurs. C'est des erreurs, c'est tout. On sait bien qu'on les a faites, et on sait bien que c'est des erreurs. Qu'est-ce qu'on cherche, à la fin, en nous les mettant sous le nez, en nous disant que c'est pas bien comme si on le savait pas, qu'est-ce qu'on cherche à part nous humilier ? Ça sert à quoi, de nous humilier ?

« C'est cela, le pouvoir ?

« Mettre une claque à un gamin.

« Des coups de pied à un chien.

« Forcer une femme – forcer une femme comme on force une porte, simplement en pesant dessus, jusqu'à ce que ça cède.

« Déloger des pauvres – déloger des pauvres à coups de hache dans les portes, jusqu'à ce que ça cède.

« C'est cela, le pouvoir ?

« Dis, Richard, c'est cela après quoi tu cours ? Cette comédie ? Car tu le sais, toi, que ce n'est qu'une comédie. Peut-être que tu ne cours pas après, dans le fond. Peut-être que tu cherches à nous ouvrir les yeux, à nous montrer comment ça marche. C'est pour cela que tu n'es pas un monstre, un grand malade, un psychopathe, tu n'es pas un grand criminel, ni un grand stratège, ni même un grand orateur. Tu es un acteur comique, Richard. Un bouffon difforme. Tu sautilles et tu gesticules. Tu fais semblant. Au-dessus de ton propre rôle. Tu fais semblant d'aimer, de haïr, de gouverner, de vouloir. Et tu les tiens, tous.

« Car c'est cela, le pouvoir, ce n'est que cela : une comédie.

« Comme mettre une claque à un gamin.

« Humilier un subalterne.

« Forcer une femme.

« Allons, ce n'est pas sérieux. Comment peut-on se prendre au sérieux en faisant cela ? Comment peut-on s'enorgueillir d'être ainsi un fort parmi les faibles ? Comment peut-on y croire soi-même ?

« Autant prétendre que les pauvres font exprès de l'être. Que ceux qui ne décident de rien sont la cause de tous les malheurs. Que les femmes aiment être brutalisées. Que les enfants réclament des châtiments.

« Ah, tu les as bien eus, Richard, tu t'es bien foutu d'eux, tu les as possédés.

« Et à la fin cependant, les humiliés se redressent.

« On est à la veille de la bataille. Richmond a levé des armées, jusque chez tes ennemis français. Surgissent les spectres.

« Les spectres d'Henry, de Clarence, ceux de Rivers, de Grey, de Vaughan et d'Hastings, les spectres des jeunes princes, celui de Lady Anne, même de Buckingham. À la fin les spectres se relèvent et te visitent, ils te maudissent et t'agenouillent et te punissent. Sont-ils la justice ? La vengeance ? Sont-ils tes remords ? À la fin les spectres te hantent, Richard. Ils te répètent, à tour de rôle : Demain, dans la bataille, pense à moi, désespère et meurs. *Despair and die.*

« Il y en aura toujours, des batailles, alors, moi aussi tu vois, je peux le dire, même si ce n'est qu'à mon journal :

« Demain, dans la bataille, pense à moi. »

« Candidate »
Joy Division

Pendant le mois d'avril, Margaret Thatcher sillonne le pays à bord de son « bus de bataille », où son équipe de campagne accrédite des journalistes triés sur le volet, qui paient tout de même leur allégeance et leur place six cents livres. L'agence Saatchi & Saatchi de Londres renouvelle les placards affichés partout durant l'hiver : *Labour is still not working*, peut-on lire sur les façades d'immeubles, les palissades et les abribus. Comme lors de la première campagne, on voit sur les affiches une foule de gens faire la queue mais, cette fois, ce n'est pas seulement devant un bureau de placement pour l'emploi, il y a aussi un hôpital, un centre d'hébergement. Il fait froid.

La même agence de communication est chargée de renouveler l'image du Parti conservateur, alors elle procède à de nombreux et réguliers sondages. Il s'agit de convaincre « les femmes des milieux populaires de la catégorie C2 », d'après les mots de son directeur de campagne, Gordon Reece, un ancien producteur de shows télévisés qui fume le cigare et ne boit que du champagne. La catégorie C2, ce sont les ouvrières qualifiées, les employées de bureau. Elles regardent massivement les journaux de début de soirée qui touchent plus de sept millions de personnes. Il leur faut des images.

Thatcher étudie les sondages dans le bus. Elle visite deux circonscriptions par jour, et deux usines. Le soir elle prononce un discours dans un meeting local.

Chaque jour, le programme minuté est distribué à tous les journalistes triés sur le volet du *battlebus*. Libre à eux d'écrire des papiers, de faire des images.

Dans ses discours elle ironise, elle joue avec les peurs, le sentiment de déclin. *Si on ne change pas de direction, notre gloire en tant que nation sera bientôt une note de bas de page dans les livres d'histoire, la mémoire d'une île lointaine, perdue dans les brumes du temps, comme Camelot dont on se remémore gentiment le noble passé.*

Elle a toujours été dure dans ses discours. Elle ira jusqu'à dire : *Les gens qui rencontrent des difficultés reportent leurs problèmes sur la société. Mais la société, c'est qui ? Ça n'existe pas ! Il y a des gens, et les gens s'occupent d'eux-mêmes avant tout.*

Ça lui vient de son éducation, sans doute. En interview elle n'hésite pas à rappeler qu'elle a été élevée par une grand-mère victorienne – *On nous a appris à travailler dur, à faire nos preuves, à être autonomes et à ne pas vivre au-dessus de nos moyens.* Autant dire que les chômeurs et les pauvres sont responsables de leur sort.

On l'appelle successivement Attila le Hun, la Dame de fer, la Grande Éléphante, la Femme sanglante.

Mais sur les images elle rassure, elle est proche, elle est presque ordinaire.

Elle est en tailleur gris perle, dans le Suffolk. Elle doit visiter une ferme mais à son approche elle fait arrêter le bus près d'un champ. Elle met des bottes en caoutchouc. Un jeune veau est là, près de la barrière. Il vient de naître, il tient à peine sur ses pattes. Elle rentre dans le champ, un peu hésitante, et attrape le veau par le cou, le caresse longuement. Elle s'enhardit, le prend dans ses bras, le soulève comme un trophée. Elle rit. Le veau ne se débat pas. Ça marche. Les journalistes la mitraillent pendant quinze minutes.

Elle visite une usine de vêtements, à Leicester. Après avoir discuté simplement avec une employée, elle lui demande si elle peut s'asseoir à sa place, devant la machine à coudre, et elle coud une poche plaquée sur la poitrine d'une veste. Le contremaître, qu'on voit sur la photo, tout sourire, dit aux journalistes triés sur le volet : Si elle n'est pas élue, je l'embauche !

Elle marche dans l'allée d'une usine Kleeneze, à Bristol, en compagnie du directeur et de quelques employés choisis. On lui présente les nouveautés :

petit électroménager, balais, gants, produits d'entretien. Devant le directeur médusé, elle se saisit d'un balai et fait mine de nettoyer le sol de l'usine.

Elle en donne, des images.

Les journaux suivent. Les journaux adorent.

Il y a huit ans, Larry Lamb, l'éditorialiste du *Sun* qui a lancé en janvier l'expression *l'hiver du mécontentement*, était déjà rédacteur en chef. Alors que Thatcher était conseillère d'État à l'éducation et qu'elle venait de faire supprimer le verre de lait que l'on donnait aux enfants le matin, dans les écoles publiques, il l'avait surnommée *the Milk-Snatcher*, la voleuse de lait.

Pourtant aujourd'hui, à la veille de l'élection, le même Larry Lamb décide de titrer en une du *Sun* : Cette fois, votez tory.

« In the Flat Field »
Bauhaus

Candice noircit les pages de son agenda. Elle a largement dépassé la date du jour, à présent.

« Il y a plein de façons de conquérir le pouvoir. La force, la ruse, la séduction, le complot, la peur, Richard en essaie pas mal et parfois même, il les mélange un peu. Il cajole ses neveux. Les assassine. Séduit ses ennemis. Effraie ses propres troupes. Tente de rallier Hastings. Essaie de l'intimider. Réclame sa tête. Dégoûte les femmes. Séduit Anne. Corrompt Elizabeth. Promet à Buckingham. Le maltraite. C'est un vrai psychopathe.

« Nancy appelle ça l'injonction contradictoire. On frappe ses gosses, on les embrasse. On les insulte, et puis on pleure. Regarde dans quel état tu as mis ta pauvre mère, salopard. Je vais t'apprendre le respect, petit con. Elle dit que ça fait des gens complètement névrosés, totalement instables, incapables de se construire affectivement. Elle dit que c'est une technique de torture psychologique bien connue. Qu'on trouve ça aussi dans les bouquins de management depuis la crise. Nancy prend le temps d'expliquer les choses. Elle répète que dans une bonne mise en scène, on fait flèche de tout bois. Pour jouer Richard, vous devez comprendre comment le pouvoir fonctionne aujourd'hui, dit-elle.

« Il s'agit de faire sortir l'employé de sa zone de confort. De lui demander de faire des choses qu'il n'est pas censé faire, un peu à côté de sa fiche de poste. Vous lui confiez des tâches qui dépassent légèrement ses attributions, en le flattant, en lui disant que vous lui donnez de nouvelles responsabilités, en lui faisant miroiter une augmentation ou un changement de statut. Mais en réalité, vous le poussez à la faute. Vous lui demandez des trucs qu'il ne sait pas vraiment faire, mais qui ont l'air sexy. Il redouble de zèle. Il s'y consacre beaucoup plus qu'à sa tâche ordinaire. Il déploie une énergie considérable, qu'il n'aurait pas dépensée si cela avait été son véritable travail. Et puis, soit il n'y arrive pas, soit ça commence à merder sur son vrai poste, qu'il néglige à présent. Vous lui tombez dessus. En réunion. Vous le pourrissez devant tout le monde, plus bas que terre – T'es qu'une merde, comment veux-tu qu'on s'en sorte, tout le monde bosse comme un chien et toi, tu fais tout foirer, t'as pas honte ?

« Vous êtes la boss. La secrétaire générale du diable. La Richard III du bureau exécutif. Respectée, crainte. Maintenant, il vous faut des alliés. Vous allez caporaliser les médiocres. Les Buckingham qui rêvent de châteaux.

« Vous leur donnez des responsabilités. Les employés historiques ont tout faux. Vous faites passer au-dessus d'eux des sous-fifres sans qualifications que vous venez d'embaucher. Avant que vous ne les catapultiez, ils n'étaient rien car ils n'avaient aucun talent. C'étaient des gens qu'on martyrisait sans doute quand ils étaient petits, dans la cour de récré. Ils n'ont rien de mieux à rêver que de vouloir conquérir le pouvoir uniquement pour se venger, pour faire chier les autres. Ces gens ont toujours craché sur leurs profs. Ils vomissent les intellos et se foutent des artistes. Ce sont de vrais cons. Ce sont vos amis. Ils vous doivent tout. Vous leur donnez de l'avancement. Des responsabilités. Et, évidemment, ils ne font rien. Des moulinets. Du vent. Ils ne savent pas faire. C'est exactement ce que vous vouliez.

« C'est le chaos.

« Vous régnez, enfin, seule. Vous êtes la seule promesse de l'ordre. Nancy a souri en disant cela et je sais que c'était pour moi. Ça fait froid dans le dos, mais elle a raison. Richard III c'est quand le pouvoir le plus absolu ne provient pas de l'ordre, mais du chaos le plus total.

« C'est la crise.

« Les chômeurs ne voulaient pas des conditions de travail, ils voulaient du travail.

« Ils en veulent aux syndicalistes, aux communistes, au gouvernement de gauche. Ils sont les pauvres parmi les pauvres. Les chômeurs, les mal logés, les squatters, ils seront bientôt rejoints par les étudiants sans avenir, les stagiaires de longue durée, tous les travailleurs précaires et malmenés de tous les secteurs en crise, déficitaires, abandonnés. L'énergie, l'acier, les transports, la santé, l'école, la justice, dans cet ordre. Ce n'est la faute de personne. C'est la crise.

« Il n'y a pas besoin de faire pour régner. Juste d'attendre. C'est ce que dit Nancy. C'est ce que dit Buckingham à Richard, lorsqu'ils font patienter le maire et Catesby, Jouez la vierge : répondez toujours non et acceptez. Parfois, pour avoir le pouvoir, il faut savoir se contenter de ne rien faire. Tartuffe aussi fait la vierge.

« Dehors, c'est exactement ce qui est en train d'arriver. Thatcher fait la vierge. Les grèves – trois mois de grève, trente millions de journées de travail perdues –, le pays paralysé, les grèves, elle ne peut s'empêcher de sourire lorsqu'on en parle devant elle. Elle ne fait rien, elle n'a rien à faire. Elle sourit. Elle a les yeux qui frisent – c'est ce qu'on dit sur un plateau quand on voit passer dans le regard de son partenaire le début, l'arrière-pensée d'un fou rire. Elle sourit en coin, en se pinçant la bouche. Le pays est tellement exaspéré qu'elle n'a rien à faire.

« C'est la crise.

« La semaine dernière, elle s'est fait photographier dans un supermarché de la banlieue d'Halifax. Elle est debout, devant le supermarché. Elle porte au bout de chaque bras un filet à provisions rempli de courses. L'un des deux filets est bleu, il est rempli de tout un tas de choses, ventru, gonflé. Elle a mis dedans tout ce qu'on pouvait s'acheter avec une livre en 1974. On voit le paquet de corn flakes qui dépasse. L'autre, le sac rouge, est petit, déprimé, malade, on dirait une couille de vieillard. Il est à moitié vide. Elle regarde le peuple dans les yeux, au fond de l'objectif, et elle sourit à pleines dents. Elle dit, en soulevant légèrement le sac rouge : *Celui-là aussi contient ce qu'on peut acheter comme nourriture avec une livre, mais dans l'Angleterre travailliste de 1979.* Quel meilleur cours d'économie sur l'inflation ?

« Elle n'a rien à faire. C'est comme si elle avait déjà gagné.

« Je repense à la nana coincée, avec sa bouche en cul-de-poule et sa voix perchée, il y a trois mois, quand elle était venue au théâtre. À Cardiff, il y a quelques jours – je l'ai lu dans le *Daily Mail*, elle a pris sa nouvelle voix grave et lente de la Royal Shakespeare Company, celle qui ne fait plus ni femme ni peuple, et elle a dit : *Balayons ce passé récent, morose et lugubre. Finissons-en avec le défaitisme ! Sous la bannière du choix et de la liberté, un avenir neuf et captivant appelle le peuple britannique, un avenir digne de son glorieux passé.* Le titre de l'article, c'était : La femme qui peut sauver l'Angleterre.

« *Make Britain Great Again.*

« Mon père, il ne sait pas trop ce que ça veut dire, mais lui aussi à présent, à table, il parle de Rudyard Kipling et de l'empire comme si c'était une promesse d'avenir. Comme si on pouvait transformer ce traîne-savates et ses copains du club de supporters en entrepreneurs dynamiques de l'Angleterre de demain. Ils vont se faire laminer. Ils vont se faire éjecter, humilier, écraser au profit de jeunes loups aux dents soyeuses. Ils ne s'en rendent même pas compte.

« Oh oui, l'Angleterre va se redresser. Les banquiers vont se redresser. Les actionnaires et les hommes d'affaires, les assureurs et les courtiers vont se redresser. Les avocats fiscalistes. Toute la City va tellement se redresser qu'on aura l'impression qu'elle bande.

« Le reste, on va le liquider. Privatisations, faillites en série, licenciements massifs. Ce sera les grands soldes d'hiver, avant changement de collection. La crise s'installera. Elle deviendra un moyen de gouverner. On vantera les carrières multiples, les hommes à tout faire, les petits boulots, peut-être même le retour des femmes à la maison, le *do it yourself*, la débrouillardise et le second marché. Les chômeurs seront de plus en plus nombreux. Mais ils seront de droite. »

« Boys Keep Swinging »
David Bowie

Candice n'est pas retournée travailler. Elle a mis le sac de coursier en toile cirée et le K-way de City Wheelz à la poubelle. Elle a hésité pour le K-way, parce que c'est un vêtement bien pratique à vélo. La lettre, elle n'a pas pu la jeter. L'enveloppe a traîné sur la table de son salon pendant des jours. Candice se donnait plein de bonnes raisons de ne pas s'en occuper.

La première, c'était que le nom qui figurait sur l'enveloppe, John Jones, c'était presque pas un nom – c'était ridicule. Jones, c'était le nom du chat dans le film *Alien* qui venait de sortir au cinéma.

Candice essayait de se convaincre qu'elle ne pouvait pas avoir mauvaise conscience de ne pas finir un boulot pour Ned. Il y avait tellement de raisons d'en vouloir à Ned, que ne pas faire de zèle semblait un minimum.

Elle se disait pour se rassurer que si la lettre avait été urgente – ce qui était certainement le cas puisque l'on faisait appel à un service de coursiers –, l'expéditeur en aurait déjà certainement renvoyé une copie.

Elle se disait aussi que si la lettre avait été urgente, elle l'était de moins en moins. En fait, chaque jour qui passait rendait paradoxalement sa distribution moins pressée. Elle se souvenait d'une histoire qui se passait à l'époque où le téléphone avait commencé à faire son apparition. Un certain lord – impossible de se souvenir qui exactement – en avait fait installer un dans le hall de sa maison. Lorsqu'on l'appelait, il demandait en décrochant : Est-ce que c'est urgent ? Par politesse, ses interlocuteurs lui disaient invariablement qu'ils n'étaient pas pressés à ce point. Eh bien, écrivez-moi, répondait-il, imperturbable. Et il raccrochait.

Mais la lettre trônait toujours sur la table et, comme le regard de Candice la rencontrait cent fois par jour, elle donnait l'impression de la narguer ou de vouloir la culpabiliser malgré tout. Avec l'arrêt des grèves et du mouvement étudiant, Candice était beaucoup plus souvent à la maison. Il n'y avait plus que les répétitions du matin et les cours du soir qui la sortaient de chez elle. Elle n'en avait parlé à personne.

Elle ne pouvait pas la jeter. C'est ce qu'il aurait fallu faire, mais elle ne pouvait pas. En général, les lettres adressées par coursier à des particuliers n'annoncent pas de très bonnes nouvelles.

Les laboratoires d'analyses annoncent des maladies incurables – comme s'il y avait urgence à apprendre qu'on va mourir.

Les cabinets d'avocats envoient des menaces et des assignations, ils annoncent des divorces et des ennuis – mais trop tard pour espérer arranger les choses.

Les compagnies d'assurances protestent de l'engagement de leur responsabilité, en vertu d'une clause en petits caractères – après tout s'assurer de ne pas être en faute est un métier.

Les banquiers réclament de l'argent – en général à ceux qui n'en ont pas.

Les entreprises licencient – ouvrant la voie aux avocats des divorces et aux banquiers des banqueroutes.

C'était quelque chose qu'elle détestait dans ce boulot. Quand les gens ou les entreprises envoient des cartes de vœux, ils s'en remettent à la poste, mais c'est pour les mauvaises nouvelles, en général, qu'ils sont prêts à payer un service de coursiers. Pour être bien sûrs qu'elles arriveront, que rien ne les arrêtera, qu'aucun miracle, aucune commisération ne pourra enrayer le mauvais sort. C'est ainsi qu'elle avait été bien souvent l'agent pourtant innocent du malheur. C'est à elle habituellement qu'on donnait les plis pour les particuliers. Ned disait que les femmes avaient plus de psychologie. C'était plutôt rare, heureusement, mais à quelques occasions elle se souvenait de la mine étonnée du type à qui elle tend le pli et le registre à signer, qui n'a jamais vu de coursier à vélo et qui la regarde comme si elle débarquait d'un vaisseau spatial, ses pommettes et le bout du nez tout rouges, ses jambes gainées dans un cuissard qui les moulait d'une façon plus indécente qu'aucune mini-jupe. Il la regarde de haut en bas et il se demande sans doute ce qu'elle lui veut. Il sourit bêtement. En prenant l'enveloppe ou le paquet, le type en vient peu à peu à des considérations plus triviales. Il se demande d'où ça vient. Ce que cela peut bien être. Il se demande surtout qui peut payer cette cycliste sortie d'un film de science-fiction, pour lui délivrer une simple lettre. Et puis il comprend, soudain. Candice s'en souvenait, c'est une lueur qui passe et s'éteint dans leur regard comme une étoile filante. Ils comprennent. Les gens occultent souvent leurs emmerdes, mais en fait ils savent parfaitement d'où elles viennent. Elle s'était déjà fait insulter, comme un de ces huissiers qui viennent remettre aux gens, à des gens comme ses parents, solennellement, leur avis d'expulsion. Franchement, est-ce que c'est pour ça qu'on pédale par tous les temps ? Pour un peu Candice se serait convaincue qu'elle était en train d'éviter une mauvaise nouvelle à ce Jones qu'elle ne connaissait pas. Cela dura des semaines.

Mais la lettre était sur la table et regardait Candice.

Alors elle l'a prise, l'a glissée dans son blouson. Elle est remontée sur son vélo.

Ce sont les premiers beaux jours et une des premières occasions de rouler tranquillement, le dimanche, dans un Londres à peu près silencieux, le ciel jeté par-dessus les toits comme un drap qu'on aurait lavé, tout sec et tendu, presque blanc, l'air encore assez froid pour le sentir piquer les doigts sous les gants, et le soleil déjà haut, les feuilles en pousses roses et vertes sur les arbres du parc.

Il n'y a pas d'indication d'étage, évidemment, sur la lettre. L'immeuble est vétuste, comme le voisinage, recouvert de noir de suie et de saleté dégoulinant des rebords de fenêtres, coulant le long des gouttières et encadrant la porte d'entrée perchée sur ses trois marches ridicules. Candice coince son vélo sous une fenêtre du rez-de-chaussée dont les volets sont fermés, l'attache à la barre de fonte qui court le long du mur, au ras du sol, vestige d'un Londres de chevaux et de calèches. Elle ouvre la lourde porte en chêne et s'avance dans le couloir désert. La porte de la logeuse est fermée, puisqu'on est dimanche, rideaux tirés sur les vitres, ne laissant filtrer de l'intérieur qu'une frange de lumière. Ils s'écartent pourtant alors que Candice approche. La porte s'ouvre.

Elle l'appelle *le jeune Jones*, c'est la première chose qui frappe Candice. Avec un peu de chance, elle n'apporte pas avec elle le licenciement d'un père de famille ou l'expulsion d'un vieillard. *Le jeune Jones* habite ici l'appartement dont le bail a autrefois appartenu à son grand-oncle, un *gentleman*. En quelques minutes elle sait tout, qu'il joue de la musique, du piano jusque tard dans la nuit parfois, que c'est son métier, musicien – un drôle de métier à en croire la logeuse –, et qu'il a des engagements réguliers dans des clubs de jazz – qui sont de drôles d'endroits. Qu'à part cela c'est un jeune homme très bien sous tous rapports. Qu'il est arrivé ici quand sa mère est morte, recueilli par son grand-oncle qui s'est occupé de lui comme d'un fils. Qu'il paie toujours le loyer à l'heure. Qu'on peut faire du thé si Candice le souhaite – Non, merci. Qu'il ne vient pas beaucoup d'étrangers dans l'immeuble – pas beaucoup d'étrangères. Candice ne peut s'empêcher de rougir du malentendu lorsque la logeuse rajoute qu'elle est contente de la rencontrer. Que *le jeune Jones* est décidément discret – ce qui est assurément une qualité. Qu'elle est très jolie. Qu'il habite au premier étage – Merci.

C'est toujours un peu étrange quand le désir des autres vous précède.

Tandis qu'elle gravit l'escalier, Candice a l'impression que le regard de la logeuse la pousse dans le dos vers *le jeune Jones* – Insistez un peu s'il n'ouvre pas tout de suite, il est là.

Lorsqu'elle arrive sur le palier, elle se demande ce qui lui a pris de faire ça, de venir ici, chez ce type, pour lui donner sa lettre urgente avec des semaines de retard, et en même temps elle se dit qu'elle ne peut plus reculer. Quelque chose la fait hésiter, comme au moment de plonger dans l'eau ou de sauter par-dessus un obstacle, comme si ce tout petit geste qu'on avait fait mille fois, soudain, avait une chance d'échouer. Ce sont peut-être les propos de la gardienne, le fait de conférer un peu plus de réalité à ce qui n'était jusque-là qu'un nom sur une enveloppe. Elle a beau se répéter le contraire, elle n'est pas vraiment en train de travailler : elle fait ça le dimanche et sans son uniforme comme si c'était en son nom à elle, comme si c'était elle, Candice, qui apportait un message.

Alors qu'elle s'apprête à sonner, quelque chose comme une première fois la met délicieusement mal à l'aise, et elle peut sentir que c'est un de ces instants où la vie vous échappe complètement.

« You Say You Don't Love Me »
Buzzcocks

« L'amour, c'est un truc de comédie. Je ne dis pas que ça n'existe pas. Mais au théâtre, depuis le début, l'amour, c'est un truc de comédie. Chez les Romains, chez les bourgeois : pareil. Un personnage en aime un autre qui en aime un autre. L'histoire consiste à refaire les couples d'amants pour que tout rentre dans l'ordre, comme dans les jeux d'enfants où il faut remettre la bonne tête sur la bonne silhouette, le bon chemisier sur le bon pantalon. On veut marier la fille de famille à un bon parti, un ami du père, un vieux qui a réussi dans les affaires, mais elle a un gentil prétendant de son âge ? Le valet se charge d'arranger les choses en jouant un tour, une farce, en échangeant les rôles, en déguisant les gens, c'est-à-dire en faisant du théâtre. La comédie, ce n'est que ça, le jeu pour le jeu, le divertissement, les cabrioles. D'ailleurs, on peut dire comédie pour dire théâtre. Et les couples se font et se défont. Les amants rentrent dans les placards, les squelettes en sortent. Il faut croire que l'amour n'est vraiment pas sérieux.

« Dans les romans c'est autre chose. Les romans, on les lit tout seul, on les lit dans la tête, avec sa voix à soi, alors ils résonnent. Ils ne sont pas vertueux, ils ne donnent pas de leçons de morale, ils ne rassemblent pas les gens dans une salle pour les édifier, les faire rire du spectacle de nos ombres portées. Ils ne parlent pas de la société, ni des rôles qu'on y joue. Les romans, on dirait qu'ils sont faits pour imiter la vie qu'on a à l'intérieur. Dans les romans l'amour est tragique.

« Ça ne signifie pas qu'il l'est tout le temps dans la vie. Ma sœur Alice, je crois qu'elle rigolerait si je lui posais la question. Je ne suis pas sûre qu'elle sache ce que c'est au juste que le tragique. L'amour non plus, et ça ne lui manque pas trop, je crois. Elle a rendu la vie inoffensive, la sœur. Elle a peut-être bien raison.

« Nancy nous a dit un truc bizarre hier en répétition. Elle a dit que la tragédie, c'est toujours la tragédie des femmes. Que c'est pour ça qu'on montait Richard avec les Shakespearettes. Que si on regardait bien, dans la pièce, les victimes les plus totales de la démesure de Richard et des jeux de pouvoir, c'étaient les femmes, à commencer par la vieille Margaret qui joue les sorcières et prononce des malédictions. Elle a déjà tout perdu. Elle sait déjà que les femmes ont tout à perdre aux jeux des hommes. Dès le début, elle annonce ce qui va arriver aux autres, elle les met en garde, mais personne n'écoute.

« Beaucoup de gens ont joué Richard en accentuant la gravité de ses calculs machiavéliques, son intelligence diabolique, sa cruauté. Comme le texte est trop long, ils ont tendance à couper les personnages secondaires de femmes, comme Margaret, et à conserver seulement les personnages secondaires d'hommes, comme le maire de Londres. Nous, on fait le contraire. On joue la conquête du pouvoir sur le ton du bouffon. Pour Richard le premier, tout cela n'est qu'un jeu, ça n'a aucune importance. Ce qu'il aime, c'est faire des clins d'œil au public et danser d'un pied sur l'autre en se regardant dans un miroir de poche. Hastings n'est pas content ? – *Off with his head !* Qu'on lui coupe la tête ! On dirait la Reine Rouge d'*Alice au pays des merveilles*. Il est ridicule, comme quelqu'un qui se prendrait sans cesse en photo pour se prouver qu'il est désirable alors qu'il n'est pas beau. On dirait un homme politique d'aujourd'hui. Un bouffon. En revanche, si on montre les femmes et les enfants, les victimes : ce sont elles qui le rendent à la tragédie. Sans elles il ne serait que le Dictateur de Chaplin. C'est la dignité des victimes qui fait les bourreaux.

« C'est toujours comme ça chez Shakespeare. *Roméo et Juliette*, ça devrait s'appeler la tragédie de Juliette. C'est sans doute l'histoire d'amour la plus connue du monde, et donc au début c'est une comédie. Ils s'aiment, mais il y a un obstacle – leurs familles se détestent, alors ils trouvent un complice, le prêtre qui les marie et fournit des ruses. Ça pourrait s'arrêter là. Roméo rigole avec sa bande de copains, ils chantent dans les rues, ils sont saouls, tout va bien. Pourtant, la tragédie va les rattraper. Un des amis de Roméo est tué en prenant sa défense contre un cousin de Juliette, et au lieu d'aller voir le duc, de balancer ce butor de Tybalt, de réclamer justice comme il en a le droit, au lieu de faire les choses dans les règles, comme il en a le devoir, cet imbécile – car Roméo est un imbécile et un inconstant depuis le début de la pièce – le venge. Il tue le cousin. Il condamne leur amour. Il le sait, tout le monde dans la salle le sait. Et qui, alors, comprend qu'elle est piégée ? Mariée à un criminel ? Désespérée, jusqu'au suicide ? Juliette. C'est elle qui perd tout, au début de l'acte III. C'est sa tragédie. L'autre idiot, il croit qu'il a gardé son honneur. Il pourrait refaire sa vie ailleurs. Il faudra qu'il la voie morte pour comprendre qu'il a tout gâché.

« Il n'y a qu'à regarder des enfants. L'amour, les romans, la tragédie, la vie c'est pour les filles.

« Les garçons, ils jouent. »

« Seventeen Seconds »
The Cure

Il a le sentiment d'avoir tout essayé, Jones. Il en a donné, des gages. Avalé, des couleuvres. Dans une autre vie, il prendra des routes plus larges vers le bonheur, si c'est possible.

Oh, il pourrait peut-être en trouver encore, du boulot, mais il faut voir ce qu'on lui propose. On dirait que l'agence de placement a passé un accord avec les boîtes les plus dures du marché pour leur fournir de la main-d'œuvre pas chère – après tout ce sont des chômeurs. Et il se déplace encore, Jones, il va aux entretiens, aux quelques rendez-vous qu'on lui propose. Il met sa veste en tweed et son pantalon de velours rouge. Il arrange ses cheveux en bataille et il y va. Il n'y en a pas tant que ça, ce sont essentiellement des postes en intérim pour des entreprises de nettoyage, cuisines d'hôtel, chantiers, supermarchés, même une usine de séchage de poisson – Quand ça ne te donne plus envie de vomir c'est que toutes tes fringues ont pris l'odeur de cette merde, lui dit le contremaître qui lui fait passer l'entretien. Pourtant les annonces pour les jobs les plus pourris de la terre sont rédigées comme si les gens rêvaient de les faire. Il y en a si peu. Ce n'est pas qu'il faudrait s'en contenter, c'est qu'il faudrait les désirer, en plus. On parle de progression, de carrière. Le dimanche, c'est un boulot fatigant et ingrat, mais ce n'est qu'un début, ça s'arrangera dans quelques années, on ne peut pas tout avoir tout de suite – Parce que tu crois que je vais rester là quelques années ? Parfois on se contente de dire, C'est vrai, c'est un boulot à la con, mais au moins ici c'est sympa, tu verras, tout le monde se connaît, tout le monde se tutoie – Parce que tu crois que je veux me faire des copains en entreprise ?

La vérité c'est que les contrats d'engagement au Nightingale's ne paient plus grand-chose, une fois avalés le whisky et les cacahuètes.

Les clubs à Londres étaient en train de changer avec la musique. Il n'y en avait plus que pour le Roundhouse, le 100 Club, le Screen on the Green ou le Marquee. Depuis la mort de Sid Vicious à New York, le 2 février, le punk était officiellement mort. On pouvait commencer à en faire une légende. Le gamin était parti vraiment aussi bêtement qu'il avait vécu. On venait de payer sa caution, il sortait de Rykers et devait rester à New York. Sa mère avait fait le voyage. C'est elle qui lui a donné sa dose fatale d'héroïne. Tu parles d'une légende. Les groupes d'épigones se sont mis à pulluler, de Manchester à

Londres, c'était comme une épidémie. Dans la rue les jeunes vivaient d'amour et d'amphètes. Ils se déguisaient, des épingles de sûreté un peu partout, plantées dans le cuir du blouson ou dans les oreilles, sur le crâne une crête de cinquante centimètres de la couleur d'un papillon du Pérou.

No future, c'est un slogan qu'on peut adopter quand on est jeune, pas quand on a déjà un passé. Jones ne trouve pas sa place dans le nouveau monde qui se prépare.

Il n'a pas fait les *business schools* des fils à papa qui aiguisent leurs canines. Trop éduqué pour se satisfaire de leurs miettes. Trop fier pour se complaire dans le malheur.

C'est la dernière ligne droite, la dernière année des années 1970, et Jones ne voit pas trop ce qu'on lui demande d'être.

Quand elle frappe à la porte, il ne comprend pas tout de suite que c'est chez lui qu'on frappe. Il n'attend personne – il n'attend jamais personne. Peut-être a-t-elle hésité aussi à cogner trop fort. Ce n'est pourtant pas son genre, à Candice, mais il ne la connaît pas. Il tourne la tête vers la porte, se demande s'il a bien entendu. Elle insiste. C'est là, c'est bien là, c'est chez lui – mais qui cela peut-il bien être ? Il se lève et se dirige vers la porte d'un pas nonchalant, rien ne presse – rien ne presse jamais. Il ouvre.

La fille qui se tient devant lui est plutôt grande, comme lui, et elle relève la tête lorsqu'elle entend la

poignée de la porte, si bien qu'ils se retrouvent l'un
en face de l'autre et que Jones ne peut faire autrement
que de la regarder dans les yeux, directement, de se
planter dans ses yeux gris. Ils restent là. Peut-être que
ça dure dix-sept secondes, comme dans une chanson,
une mesure de la vie. Ils sont immobiles et muets,
comme frappés de stupeur, tous les deux. Candice
pourrait décrire ça comme un accident de vélo, le
moment où, en pleine action, en pleine vitesse, alors
qu'on est complètement maître de soi, soudain il y a
un tout petit imprévu, un type qui traverse devant le
bus rangé à gauche, un chien qui échappe à son
maître, un gamin qui court derrière un ballon,
n'importe quoi qui arrête le cours ordinaire du
temps, et les événements se mettent à se dilater
comme si on analysait chaque geste, chaque impul-
sion microscopique, chaque trajectoire, et l'on per-
çoit clairement, comme au ralenti, le moment précis
où les choses échappent d'un seul coup à tout
contrôle, le petit bruit de frottement sur la jante qui
amorce le dérapage, le décrochage de la roue arrière
de sa trajectoire, l'équilibre à l'instant même où il se
rompt, et jusqu'à ce que les yeux se ferment, la chute
qui devient un cauchemar inarrêtable. C'est comme
de céder au vertige. Une chute, c'est exactement
l'effet que ça lui fait. Jones aussi vient de tomber dans
ses yeux gris. Ça dure peut-être dix-sept secondes et
puis il faut bien dire quelque chose, ils se reconnaissent mais ils ne se connaissent pas vraiment, ils

ne s'étaient jamais revus, il y a cette lettre mais Candice ne travaille plus pour City Wheelz, d'ailleurs on est dimanche, c'est une longue histoire – Entre, je t'en prie.

Il enlève le pull et la veste qui sont restés sur le dossier de la chaise, débarrasse les verres et les mugs qui s'accumulent sur la table – Excuse le désordre – en attendant qu'une vaisselle s'impose. Il ouvre les rideaux, éteint la lumière – J'ai travaillé tard cette nuit. Il jette les fringues sur son lit et dépose les bols dans l'évier, replie les journaux, ramasse les livres et en fait une pile à côté du sofa – Assieds-toi –, il arpente l'appartement à toute allure avec ses grandes jambes, passe et repasse, sourit – J'en ai pour un instant –, ouvre la fenêtre, celle qui, derrière le piano, au sud, déverse dans la pièce un flot de lumière blanche et crue – J'ai fini. Tu prends un thé ?

Ça se voit qu'il est au bout du rouleau.

Il est debout devant elle, il se passe une main dans les cheveux mais ils restent ébouriffés comme l'aigrette d'un oiseau. Il est aussi étonné qu'elle. Il esquisse un sourire. C'est son regard, surtout. Quoi qu'il dise, et quoi qu'il fasse sans doute. On ne sait pas s'il se moque de lui ou de la situation, de nous, de la vie en général. Il n'y peut rien lui-même, Jones. Ses yeux s'étirent en forme d'amande, ils remontent légèrement sur les côtés au lieu de retomber, soulignés par de toutes petites rides nettes et franches comme des coupures sous la paupière, ses yeux se jouent de tout, ironiques et pâles, mouillés par la fatigue comme une pierre sous l'eau. Ses yeux rient.

— Alors tu m'as retrouvé ?

— C'est la lettre.

Candice est mal à l'aise. Il s'est passé tant de choses depuis. C'est la lettre – c'est une histoire compliquée. Elle lui montre la lettre. Ce n'est pas la musique. Ce n'est pas lui. Elle n'est jamais revenue au Nightingale's.

— Ce doit être les avocats de BP. Ou bien le tribunal.

Il fait glisser l'enveloppe sur la table. Ça n'a pas l'air d'aller très fort. Elle ne le dit pas. Les yeux de Jones lui sourient toujours, alors elle sourit aussi, presque malgré elle – Pourquoi tu n'as pas pris l'argent ? Le gros chèque – Mais je n'ai pas envie de toucher un gros chèque, Candice, j'ai envie de faire de la musique – Tu aurais dû te battre – Et gagner quoi ? – Tu aurais dû te battre contre eux, parce que c'est injuste – Regarde-moi.

— Regarde-moi.

Il n'y aura pas de procès. On ne gagne pas contre une multinationale, pas un type tout seul, pas comme dans les films, pas moi surtout, je crois. Pour moi, il est temps de disparaître, de partir. Renoncer à se battre, à courir, renoncer à participer à ce cirque. C'est ma façon de leur dire merde – ses yeux rient.

— Mais ça va.

« God Save the Queen »
Sex Pistols

La veille du scrutin, les derniers sondages étaient encore incertains.

C'était la première fois depuis vingt ans qu'on faisait campagne avec de nouveaux leaders à la tête de chacun des trois partis de gouvernement.

Le procès Thorpe, ancien chef du Parti libéral, accusé d'avoir eu des relations homosexuelles et d'avoir attenté à la vie de son ex-amant, devait avoir lieu en mai, juste après les élections générales. Les libéraux ne faisaient pas les malins.

Les candidats du SNP, le parti écossais, s'étaient fait berner. Ça leur avait coûté l'échec de la dévolution des pouvoirs. Tous leurs boniments, leurs grands discours avaient fait un plongeon magistral. Ainsi, cela ne servait à rien de voter pour eux. Ils allaient souffrir.

Callaghan, lui, n'était pas nouveau, mais il n'avait pas grand-chose de nouveau à dire, il avait un bilan désastreux. Il se contentait de protester en montrant

195

du doigt sa concurrente. Il disait : Si ça se reproduit, vous pensez qu'elle fera mieux ? Vous pensez qu'elle fera le poids face aux syndicats ? Il comptait sur la misogynie ordinaire, mais ça n'a pas suffi.

Le *Sun* organisa une campagne de presse dans laquelle une demi-douzaine d'anciens ministres travaillistes expliquaient pourquoi ils avaient plus confiance en Thatcher qu'en leur propre parti pour redresser la situation économique de la Grande-Bretagne.

Les « employées qualifiées de la catégorie C2 » ont vu les images de Thatcher avec un balai dans l'allée de l'usine, elles l'ont vue coudre une poche plaquée sur une veste, se promener en bottes dans la campagne, faire ses courses au supermarché. Une fille d'épicier, la tête sur les épaules, comme elles. Bien sûr, elles pensent que Thatcher fera mieux. À la maison ce sont elles qui tiennent les comptes, qui surveillent les crédits, qui font les budgets, qui rencontrent les profs, qui remplissent les dossiers administratifs. Et en plus, elles font les courses et à manger, le ménage, le repassage et les devoirs, à la maison. Bien sûr qu'elle va faire mieux.

Ça va se faire tout seul. Tout le monde va suivre. Jusqu'en Chine. En avril, Deng Xiaoping a entamé une réforme qui doit procurer à la brutalité du régime les moyens de la brutalité capitaliste.

Thatcher va donner le programme des années 1980.

A comme *Arabia* – La révolution islamique de 1979 en Iran mènera, à la fin de la même année, à une prise d'otages de plus d'un an dans l'ambassade américaine, qui sera l'occasion de ridiculiser la CIA dont les hélicoptères restent cloués au sol par une tempête de sable. Ce crime de lèse-majesté d'un pays non aligné ne lui sera jamais pardonné. Le « monde libre » change d'alliés. L'Arabie saoudite, le Qatar, les Émirats deviennent nos amis, pour le meilleur et pour le pire.

B comme Bobby – Bobby Sands est un membre de l'IRA provisoire. Il est aussi député irlandais au Parlement. Il mourra, au terme d'une grève de la faim de soixante-six jours dans la prison de Maze où il est détenu comme prisonnier politique. Sa volonté, sa dignité, son agonie terrifiante seront partagées par des millions de gens, au-delà des frontières, sans que ne plie jamais la Dame de fer.

C comme *City* – la Bourse de Londres. On ouvre la City aux investissements étrangers, on en fait la première place financière au monde. À force de dématérialisation et de dérégulation, la spéculation devient incontrôlable. Elle conduit à une recherche de profits sans limites qui se manifeste dans les délocalisations, au détriment des employés, des consommateurs et des États. C'est-à-dire des gens.

D comme *depression* – la crise économique menace, elle n'est plus jamais loin. Elle est un état, un horizon, une catastrophe annoncée. C'est une maladie, aussi. Certains s'endorment, dans les années 1980, en se demandant si Sue Ellen est encore ivre.

E comme *employement* – l'emploi. Le chômage, en Angleterre comme en France, dépasse son premier million au début de la décennie, un chiffre qu'on n'avait pas vu depuis les années 1930. Puis son deuxième. Puis son troisième. Il n'a plus jamais baissé. Il y a vingt ans, on appelait déjà cela « l'horreur économique ».

F comme Friedman – Prix Nobel d'économie en 1976. On dit qu'il est une figure inspiratrice du thatchérisme économique, mais il serait plus juste de dire qu'il a inspiré le libéralisme mondial.

G comme *greed* – la cupidité. Celle des riches, des investisseurs, des actionnaires. La cupidité de la City. Auparavant c'était un péché mortel. La théorie économique de Thatcher, c'est que la croissance prime. Peu importe que les inégalités s'accroissent, pourvu que les riches soient plus riches. Les pauvres ? Ils n'ont qu'à devenir riches. Qui ne rêve pas de devenir riche ? Gordon Gekko le dira carrément dans le film *Wall Street* : *Greed is good*.

H comme Hayek – Prix Nobel d'économie en 1974, deux ans avant Friedman. Comme quoi, c'était l'époque. Thatcher a brandi un jour un de ses livres dans un séminaire du Parti conservateur, en disant : « Voici ce en quoi nous croyons ! », et elle a lourdement abattu le livre sur la table. Fin de la discussion. Thatcher se fera appeler Tina aussi. *There Is No Alternative*.

I comme *I want my money back !* – Je veux récupérer mon fric : c'est tout ce que Thatcher pensait de l'Europe, que l'Angleterre a fini par quitter après en avoir miné la construction pendant trente-cinq ans et l'avoir transformée en un supermarché commun.

J comme *job* – le mot *job* a plusieurs significations en anglais. Travail au sens d'emploi, mais aussi au sens de tâche à accomplir, dûment payée, il peut également vouloir dire un devoir ou une responsabilité, ou simplement une tâche difficile, et même un braquage dans l'argot des voleurs. Dans celui des courtiers, il s'emploie comme verbe pour dire qu'on achète et qu'on revend des actions. Quand la richesse augmente, le chômage ne diminue pas. En revanche, on crée beaucoup de *jobs*. C'est aussi une façon de faire travailler les enfants.

K comme *Kapital*.

L comme *liberalism*.

M comme *monetarism* – c'est la doctrine de Keith Joseph, le mentor conservateur de Thatcher, doctrine selon laquelle le contrôle de la monnaie est la seule assurance contre l'inflation. En fait, c'est l'unique rôle des États qui sont priés de ne plus intervenir dans l'économie. Et donc : baisse des impôts, privatisations, dérégulation. Il n'y a pas d'alternative.

N comme *nuclear* – d'abord, c'était une bombe, une mort massive et technique, aussi froide que l'extermination bureaucratique des Juifs d'Allemagne – aussi moderne, aurait dit Günther Anders –, puis ce fut un camp, une force de dissuasion, et finalement c'est une source d'énergie propre, n'est-ce pas, qui coule gentiment et goulûment dans tous les vélos électriques et les clics d'ordinateurs. Mais il n'y a pas d'alternative.

O comme *Occident* – du Nord au Sud, dans ces années-là, on est du camp de l'Est ou de l'Ouest. À tel point que le Sud a presque disparu des cartes.

P comme *poll tax* – il y avait cinq possibilités pour réformer le système des impôts locaux anglais : une TVA locale, une taxe d'habitation, la réaffectation de l'impôt sur le revenu, la réforme du système existant, et la *poll tax*, un impôt par habitant et non plus par habitation. C'était la solution la plus injuste, évidemment. Et bien sûr, Tina a choisi la *poll tax*.

Q comme *Queen* – Elizabeth a traversé le siècle. En 1977 on fête son jubilé, cinquante ans. Le manager des Sex Pistols a loué un bateau pour donner un concert en face de Westminster, sur la Tamise. *God save the Queen, She ain't no human being, And there's no future, In England's dreaming.*

R comme Ronald – le président des États-Unis, à l'époque, est un ancien acteur qui partage son prénom avec un clown.

S comme *social determinants of health* – dans le quartier populaire de Calton, dans la ville de Glasgow en Écosse, l'espérance de vie des hommes est tombée aujourd'hui à cinquante-quatre ans. Dans le quartier riche de Lenzie, dans la même ville, elle est de quatre-vingt-deux ans. Voir *City*, Friedman, Hayek, *Liberalism, Yuppies* et *Zero*.

T comme *terrorism* – en mars 1979, alors que Thatcher est en campagne, son ami Airey Neave, son ministre « fantôme » pour l'Irlande du Nord, est tué dans un attentat à la voiture piégée contre le Parlement. En 1984, alors qu'elle assiste au congrès du Parti conservateur à Brighton, Thatcher est elle-même victime d'un attentat. La moitié de son hôtel explose et part en fumée au milieu de la nuit. Elle perd quatre collaborateurs. Devant les journalistes, le matin, après être allée chez le coiffeur elle dira : *Et maintenant, c'est business as usual.* En France, en 1985 et 1986, ce sont quinze attentats qui sont commis par le groupe de Fouad Ali Saleh. Partout c'est une nouvelle guerre qui commence.

U comme *Union* – Reagan l'a faite contre les contrôleurs aériens en 1981. En 1984, Thatcher aura l'admiration de tous les dirigeants burnés du monde pour avoir mis à genoux le gros Scargill, patron du tout-puissant syndicat des mineurs anglais, au terme d'une grève qui lui rappellera l'hiver du mécontentement. Mais la Femme sanglante traite les syndicalistes comme elle traite les terroristes : pas de négociations, et pas de quartier. Elle fait déclarer la grève illégale et dissoudre le syndicat des mineurs, qu'elle appelle *l'ennemi de l'intérieur* ; elle équipe la police de moyens militaires pour prendre d'assaut les piquets de grève. Il y aura vingt mille blessés, onze mille arrestations. Et, à la fin, elle aura sa peau, parce qu'il n'y a pas d'alternative.

201

V comme Vietnam – à la suite de la guerre qui l'oppose au Cambodge en janvier 1979, le Vietnam se retrouve en guerre contre la Chine. La crise des réfugiés du Vietnam du Sud commence et Médecins sans Frontières envoie un bateau récupérer ceux qu'on appelle alors les *boat people*. Il s'agit de lutter contre le communisme, alors on les accueille.

W comme *war* – en mauvaise posture alors que sa politique ne marche toujours pas au bout de deux ans, Thatcher mènera aux îles Falkland, avec une brutalité d'un autre âge, la dernière guerre coloniale du siècle. Mais il n'y a pas d'alternative.

X comme *xenophobia* – en campagne, en 1978, Thatcher fait un discours qui rencontre un franc succès : *D'ici à la fin du siècle, il y aura quatre millions de personnes venant du Commonwealth et du Pakistan. C'est énorme. Les gens ont peur que ce pays soit submergé par des personnes d'une autre culture. Le génie britannique a fait tant de par le monde pour la démocratie et la loi que s'il y avait une crainte d'être débordé, les gens pourraient réagir de façon violente et hostile contre ceux qui arrivent.*

Y comme *Yuppies* – *Young Urban Professionals*. Ces nouveaux vainqueurs de vingt ans ont un langage à eux. Un *dog* n'est pas un chien, mais une action qui fait de mauvaises performances depuis des années. Un *asset stripper* n'est pas un stripteaser, mais un financier spécialisé dans l'achat d'entreprises qu'il s'agit de démanteler pour les revendre par petits bouts, en faisant d'énormes bénéfices. Un *butterfly* n'est plus un papillon, mais un échange d'options sans perte. *Head and Shoulders* n'est pas une marque de traitements contre la chute des cheveux, mais le cri donnant le signal : vendre.

Z comme *Zero* – c'est le nombre d'emplois créés par la politique économique de Thatcher qui a « redressé l'Angleterre ». Elle avait pourtant prévenu. Dans un de ses premiers discours de Première ministre à la conférence du Parti conservateur, elle annonçait la couleur : *Aujourd'hui, fini de rêver.* Il n'y a pas d'alternative.

« The Show Must Go On »
Pink Floyd

Son sac est prêt, alors lui aussi sans doute.

Jones n'a pas dit à Candice qu'il peine à trouver l'argent du loyer. Il a deux mois de retard.

Il ne lui a pas dit qu'à force de désoccupation il se surprend parfois à parler tout seul dans l'appartement.

Il ne lui a pas dit qu'il reste parfois plusieurs jours sans manger. Qu'il attend le jeudi soir au Nightingale's parce que les sandwichs et la bière sont à volonté pour les artistes.

Il ne lui a pas dit quelle humiliation c'est de savoir qu'on n'y arrive plus. Dans quel désarroi, dans quel abîme cela le précipite lorsque soudain, comme un diable surgi de sa boîte, lui saute au visage la certitude de son échec.

Il ne lui a pas dit qu'il ne parvient plus à écrire sa musique et que c'est ça qui lui fait le plus de mal. Des ratures, des pages à recopier pour que ça ressemble à quelque chose. Il la connaît par cœur, sa symphonie,

à force de la reprendre depuis des années. Un artiste !
Il n'a même pas réussi à devenir un homme normal,
un citoyen du monde nouveau.

Il ne lui a pas dit qu'il lui est déjà arrivé de regarder
les rails, là où ils sont visibles, à King's Cross, de les
regarder comme on pourrait regarder quelqu'un dans
les yeux, et de se demander ce qu'on en pense au
fond, comme si la mort c'était une vieille maîtresse,
pas désirable mais tentante – on la connaît, ce ne
serait pas si terrible.

Il ne lui a pas dit, parce que ça ne sert à rien. S'il
l'avait rencontrée plus tôt, cette fille, avec sa jeunesse
et son théâtre, son envie d'en découdre, cette Candice qui avait débarqué au Nightingale's, et puis
maintenant chez lui pour lui remettre une lettre, s'il
l'avait rencontrée – qui sait, quelques mois plus tôt,
lorsqu'il en avait encore envie lui-même –, elle lui
aurait peut-être sauvé la vie.

La lettre, il a fini par l'ouvrir. C'était la réponse du
tribunal qui, comme prévu, n'allait pas instruire sa
plainte contre BP. La justice, la société, la reine, enfin
l'Angleterre avait d'autres chats à fouetter. Fin de
l'histoire. La lettre est encore sur la table de la cuisine, où il l'a regardée tous les matins comme un
cadavre d'animal sur le pas d'une porte – chaque fois
qu'on sort on fait un pas de côté, un petit rictus, on
l'enjambe, et voilà.

Jones est au bout de la jetée. On ne peut pas aller
plus loin sans tomber dans l'eau.

Il se souvient du soir de la première. Il est venu la voir, le soir de la première au Warehouse Theater. Elle lui avait dit qu'elle jouait *Richard III*.

Le théâtre avait hébergé cette année la Royal Shakespeare Company pour un *Hippolyte* dont la presse n'avait pas beaucoup parlé, puis la troupe était allée jouer *Peines d'amour perdues* au Aldwych Theater. Les Shakespearettes avaient pris possession du Warehouse. Il y avait du beau monde. Quelques journalistes venus par amitié pour Nancy et son copain, quelques-uns par curiosité. Des directeurs de théâtre du grand Londres, invités parce qu'ils pourraient amorcer la pompe, pour une tournée. C'était une belle soirée de première. Jones avait pris une place, en haut, dans les étages. C'était les moins chères. Le brouhaha de la salle, si caractéristique des minutes qui précèdent la plongée dans le noir et le spectacle, a immédiatement réveillé en lui un souvenir diffus et heureux. Ce bruit, c'était celui de toutes les soirées au concert ou au théâtre. On ne l'entend que si on est seul et qu'on y prête attention, autrement on ne fait qu'y participer, mais il est toujours là, et on le reconnaîtrait entre mille autres bruits de foules. Ce n'est pas le bruit d'un marché couvert de Camden ou d'un restaurant de Soho, c'est un bruit à la fois fort et très indistinct, comme si toutes les voix s'étaient spontanément harmonisées pour qu'aucune ne se détache. Il remplit la salle d'un seul murmure profond. Comme si la foule, au théâtre, n'était qu'une seule personne. C'est un bruit qui fait du bien.

Jones est au bout de la jetée de Southend, devant le chenal qui mène de la Tamise à la mer. Il repense au brouhaha du théâtre parce que le bruit des vagues, c'est le même genre de son. On ne le reconnaît que quand on l'entend et alors, c'est immédiat. C'est un souvenir et un appel à la fois. Il n'y a pas encore de grands bateaux bleus ou blancs. Le jour va se lever.

Tous les ans, à partir du mois de mars, il y a comme un parfum de renouveau dans l'air. À force de rallonger depuis Noël, les jours ont fini par nous surprendre. On se lève, et le soleil est déjà là. Le soleil, pas tout à fait, pas encore, mais cette luminosité blafarde et diffuse de l'aube devient déjà plus rose qu'avant. Elle est encore grise et jaune à l'horizon comme de la neige sale, mais sur le ventre des nuages elle s'étire comme une peau qui commence à prendre des couleurs, une peau qui s'éveille, d'un rose tendre, un rose encore poudré qui se réchauffe aux franges dorées du ciel. Alors, c'est du miel qui coule sur les façades noires des immeubles, sur la mer profonde et calme, sur la rive nord encore noire comme un morceau de charbon. Cette lumière est magique. Un temps, elle chasse la pluie, la grisaille, le temps de se lever on dirait qu'elle lave le ciel, qu'elle le vide. Le bleu qui perce les nuages est irréel. Il est de la couleur des mers du Sud, sur les cartes postales. Si on le dessinait, ce ciel, on penserait qu'il n'est pas vrai, que c'est trop criard, que ça n'existe pas, des couleurs aussi crues. Pourtant au-dessus des toits il est encore profond comme un bleu de nuit. C'est impossible de savoir comment on passe de ce bleu-là à celui du bord du ciel. Ça se fait tout doucement, imperceptiblement. Ça dure longtemps avant que tout s'éclaire, de longues minutes mystérieuses et colorées où les couleurs se succèdent sans se mélanger. Le ciel qui s'ouvre à l'aube rose comme un ventre accouchant du jour, c'est du temps qui passe.

Il pourrait s'asseoir là et regarder l'aurore se lever, détailler la fuite et le retour des nuages irisés, la progression de la frange de lumière sur la terre, qui fait étinceler les arêtes puis gagne la face des choses, révèle peu à peu le visage du monde. S'asseoir et regarder le temps qui passe. Laisser le temps mourir au fond de ses yeux gris. C'est peut-être ça être libre.

Il y a eu une invitée surprise, le soir de la première. La veille, le 10 Downing Street a appelé le théâtre – Elle viendra à titre privé, avec son époux. Pas besoin de loge pour la Première ministre, les loges ça fait royal, premier balcon au centre, c'est très bien.

Lorsque Thatcher a pris place, personne ne s'en est rendu compte à part ses voisins immédiats. Mais bientôt, de proche en proche, un léger murmure s'est détaché du bruit de fond et s'est répandu à travers le balcon, brisant l'harmonie du brouhaha unanime. Avant qu'il n'enfle ou ne cesse, on a vu, dans l'allée le long de l'orchestre, à droite, un type qui courait, ça n'arrive jamais dans un théâtre. Il court jusqu'à la scène, la longe jusqu'en son centre où il s'arrête soudain et se retourne vivement, ostensiblement. Levant les yeux vers le balcon, il applaudit d'une façon très emphatique. Les gens déjà assis dans le public se retournent, cherchent des yeux le motif de cette démonstration de flatterie. Jones aussi. Il se penche, se tord le cou, il ne comprend pas très bien ce qui se passe. Elle est là ! Margaret Thatcher, c'est elle, Maggie, elle est venue. On s'exclame, on se donne des coups de coude, on la montre du doigt. Bientôt toute la salle applaudit. Certains ne l'ont pas vue, ils applaudissent quand même, sans trop savoir pourquoi. Le type a disparu. Service de communication. Ce n'était pas un spectateur.

Tout le monde sourit pourtant, tout le monde frappe dans ses mains, ça dure une bonne minute. Jones a fini par la repérer. Une petite dame en brushing blond et en tailleur de laine s'est levée au premier balcon, elle fait signe à la foule qui l'applaudit, comme la reine quand elle sort de Buckingham, coucou de la main, sourire figé – Merci de m'acclamer, peuple de fourmis. Il n'en revient pas. C'est toujours un peu décevant de voir que les lettrés sont aussi grégaires que les autres. Qu'ils ont, autant que les autres, peur du pouvoir à ce point. Ne vont-ils pas voir *Richard III* – la pièce du dévoilement, du cynisme, la pièce où le *Grand Jeu* de la politique se met à nu ? Est-ce que les gens sont si bêtes ? Est-ce qu'ils méritent à ce point qu'on les regarde de haut ? Et cette simple pensée l'accable.

Jones est un inadapté, ça arrive à de plus en plus de gens.

Si vous croyez en l'art, si vous savez lire, si vous aimez la musique, vous êtes foutu. Plus rien ne vous fait peur ni ne vous impressionne. On ne vous la fait plus. Et l'illusion s'effondre, comme dans un roman de science-fiction. Le rideau s'ouvre.

Face à lui, dans le chenal, la mer commence à briller à son tour. Ce ne sont plus des lignes de crête argentées d'écume, mais un miroitement flamboyant de vaguelettes qui s'allument et s'éteignent en même temps, à chaque seconde, comme un crépitement furieux, impossible à compter ou à suivre. Tous les reflets jouent dans les vagues, à une vitesse sidérante, une symphonie parfaite où des millions d'instruments s'accordent. Il peut la voir. À l'horizon la lumière est aveuglante, elle se confond avec le soleil. Il peut la voir, et c'est comme s'il pouvait l'entendre, l'aurore.

Il pense à ce qu'on lui a dit du Grand Nord, ce que son grand-oncle lui racontait de la Suède d'où il venait. Les archipels de cailloux perdus, noyés dans la brume de mer. Le soleil qui vient caresser l'horizon resté pâle, la nuit blanche. Les journées d'hiver où le jour ne parvient jamais dans les rues, pas assez haut pour surplomber les immeubles, comme s'il était lourd, comme si c'était une saison de crépuscule, jaune et rasante, une saison de spectres où les ombres s'allongent.

Il est au bord de la jetée de Southend. Son sac à ses pieds, posé au sol, un peu avachi sur lui-même.

Il a pris le premier train, celui de cinq heures. Maintenant, il est arrivé au bout.

Silence brutal.

Lorsque Candice est entrée sur scène, il a mis du temps à la reconnaître. Elle, Richard, duc de Gloucester, à la démarche boiteuse, voûtée comme s'il était bossu, obligée d'étirer sa tête comme un oiseau pour la sortir de ce corps qui l'encombre. Des regards qui plongent à droite, à gauche, dans le public, comme si elle était en pleine reprise d'accélération au milieu de Caledonian Road, lorsque la rue fait un coude au-dessus du canal. Elle semble plus maigre qu'au naturel, les yeux noirs, les joues ombrées, elle est éclairée par la rampe et la poursuite qu'elle prend en pleine figure, sans broncher. Elle danse d'un pied sur l'autre pour avancer, très lentement, comme en équilibre permanent, elle regarde le public en face, en plissant les yeux dans la lumière crue. Elle avance. Ça dure peut-être une minute, peut-être deux. Dans le silence on entend la salle qui retient son souffle.

Elle a les cheveux tirés en arrière, coincés au-dessus de la nuque dans un petit chignon de danseuse. Les yeux qui brillent, juste soulignés de noir. Les bras nus, blancs et droits, le long du corps. Ses seins sont bandés dans un linge. Seul son ventre se gonfle et se dégonfle au rythme de sa respiration rapide. Ses muscles jouent dans la lumière, se détachent, se découpent en ombres franches sur ses bras, son cou, ses épaules. Pourtant ses mouvements sont comptés.

On dirait un effort au ralenti, concentré dans un temps qui s'arrête. Le cœur prêt à exploser comme en pleine course. Elle parvient au centre, au-devant de la scène. Elle est au bout. On ne peut pas aller plus loin sans tomber dans le public.

Face à son destin.

Au bout de la jetée de Southend, dans le petit matin qui monte à l'horizon pâle, les cris des mouettes à bec jaune et des goélands cendrés remplissent l'air encore froid. Des chaluts remontent le chenal, suivis d'une traînée d'oiseaux glapissants. Jones frissonne et se serre dans son caban de tweed, croise les bras, ferme les poings. À ses pieds le sac de marin semble toujours prêt à partir. Les nuages, frangés d'or, sont redevenus d'un gris profond de nuage. La lumière se répand de nouveau sur le monde, blanche et crue. Les couleurs de fête du ciel disparaissent sous un jour atone, cependant que la terre retrouve ses couleurs. La mer brille. Le charbon est devenu colline. Tout nu dans le matin spectral, le monde se réveille, vert, bleu, gris, boueux et luisant de pluie. On dirait qu'il titube, que ses couleurs lui reviennent peu à peu. Le monde sale et réel, pesant, le monde. Les mouettes le réveillent, une pointe de sang sur leur bec jaune.

Jones rêve d'une musique imprévisible comme la vie, sans début et sans fin, une musique pour dire les gens comme ils vont et les choses comme elles arrivent. Les hasards et les vies que nous vivons en aveugles les uns des autres. À nous croiser sans cesse sans nous voir, à nous rêver, à ne pas trop savoir si cette vie est la nôtre. Une musique pour dire ce monde que nous n'avons pas fait, que nous ne faisons qu'habiter et que nous appelons pourtant le nôtre. À nous cogner les uns dans les autres. À nous rencontrer sans le savoir. Une musique pour dire cette fille qui débarque chez lui et ses yeux gris comme la pluie d'Angleterre.

Peut-être qu'il reviendra – qui sait ? Aujourd'hui, il n'y a plus de place pour lui, ici.

Göteborg, Malmö, Stockholm. C'est ce qu'il lui faut. Les îles du golfe de Botnie. Des noms imprononçables. Des lumières inouïes. Des nuits sans fin et des jours où le soleil flirte avec l'horizon blanc sans réussir à se coucher.

Peut-être qu'il reviendra, ou peut-être qu'ils se sont croisés, cette fois, pour l'éternité.

Candice était éclairée par la rampe, Candice dans la lumière crue, poursuite blanche, sa poitrine qui se soulève, les mains qui tremblent légèrement. Elle serre les dents. Elle serre les poings.

On l'a prévenue, en coulisses, quelques secondes avant qu'elle n'entre sur scène, alors une fois qu'elle a parcouru tout le plateau, quand elle se tient au bord de la scène, presque en équilibre au-dessus du premier rang d'orchestre, la lumière comme des pleins phares, directement sur elle, comme une espèce d'accident, elle redresse lentement la tête. On ne voit rien quand on a les projecteurs de face, la salle c'est un four, mais elle la connaît par cœur. Elle lève la tête en l'étirant exagérément, en se tordant le cou, un large rictus sur le visage. Tout le monde sait qui est en joue, au bout de son regard. Tout le monde retient son souffle.

La pièce peut commencer. La bataille ne fait que commencer.

Now is the winter of our discontent!

Voici venir l'hiver de notre mécontentement.

La « bande originale » du roman

« L'Angleterre de 1979 n'avait pas connu Wood-
stock ni Mai 68, mais elle avait les Beatles depuis plus
de dix ans, elle avait Marianne Faithfull, les Rolling
Stones et les Sex Pistols, elle avait Pink Floyd et David
Bowie et, bon Dieu, c'était la patrie de la musique »
(Candice).

Voici donc une liste d'écoute, utile à tous ceux qui
voudraient accompagner ou prolonger la lecture en
retrouvant le son d'une époque qui était en train de
passer de la radio à la télévision.

Les SEX PISTOLS qui se séparent publient cette
année-là *The Great Rock'n'Roll Swindle*, dernier pied
de nez des rois du mouvement punk. Dans leur
sillage, ADAM AND THE ANTS continue d'égrai-
ner de sa voix aiguë l'album *Dirk Wears White Sox*.

Relevant le gant et poursuivant sur la voie pourtant
proclamée sans avenir du punk rock, les DAMNED
sortent *Machine Gun Etiquette*, les BUZZCOCKS,
A Different Kind of Tension, et les JAM, *Setting Sons*.

217

Johnny Rotten a reformé un groupe, PUBLIC IMAGE LTD., qui sort immédiatement *Metal Box*.

Nouveaux chefs de file, les CLASH livrent *London Calling* la même année.

Derrière la comète punk, le rock indépendant fait son apparition :

THE CURE se lance dans l'arène avec *Three Imaginary Boys*.

JOY DIVISION apparaît avec un des plus grands albums de tous les temps : *Unknown Pleasures*.

BAUHAUS est en train d'enregistrer *In the Flat Field*, alors que SIOUXSIE AND THE BANSHEES terminent leur tournée de *The Scream*.

Pendant ce temps-là, toujours en 1979, DAVID BOWIE chante *Lodger*, MARIANNE FAITHFULL sort son meilleur album, *Broken English*, et PINK FLOYD apporte une pierre colossale à l'édifice du rock en publiant *The Wall*, excusez du peu !

Les exergues de chapitres sont tous des titres de chansons tirées de ces albums. Les voici par ordre d'apparition :

Run Like Hell (Pink Floyd)
I Don't Know What to Do with My Life
   (Buzzcocks)
I Just Can't Be Happy Today (The Damned)
London Calling (The Clash)
Memories (Public Image Ltd.)
Revolution Rock (The Clash)
The Great Rock'n' Roll Swindle (Sex Pistols)
Working Class Hero (Marianne Faithfull)
New Dawn Fades (Joy Division)
Private Hell (The Jam)
Smash It Up (The Damned)
Disorder (Joy Division)
Car Trouble (Adam and The Ants)
Helter Skelter (Siouxsie and The Banshees)
Anarchy in the UK (Sex Pistols)
A Different Kind of Tension (Buzzcocks)
Guns of Brixton (The Clash)
I Wanna Be Me (Sex Pistols)
Interzone (Joy Division)
Suburban Relapse (Siouxsie and The Banshees)
No Birds (Public Image Ltd.)
Broken English (Marianne Faithfull)
Thick as Thieves (The Jam)
Whip in My Valise (Adam and The Ants)
Never Trust a Man (With Eggs on His Face)
   (Adam and The Ants)
She's Lost Control (Joy Division)
Look Back in Anger (David Bowie)

L'Hiver du mécontentement

Candidate (Joy Division)
In the Flat Field (Bauhaus)
Boys Keep Swinging (David Bowie)
You Say You Don't Love Me (Buzzcocks)
Seventeen Seconds (The Cure)
God Save the Queen (Sex Pistols)
The Show Must Go On (Pink Floyd)

P. 40

Le chaos, c'est quand tout
devient possible.

Personne n'est ~~trop~~ assez malin
pour maîtriser ça, sauf le
~~diable~~ peut-être le diable.

P. 41
P. 55
P. 59

Imprimé en France par CPI
en juillet 2018

Cet ouvrage a été mis en pages par

<pixellence>

Dépôt légal : août 2018
N° d'édition : L.01ELJN000816.A002
N° d'impression : 148669